테하차피의 달

테하차피의 달

조갑상 소설집

테하차피의 달

대
활
자
본

산지니

_ 차례

누군들 잊히지
못하는 곳이 없으랴

비가 들자 주인아주머니가 서둘렀다.

나는 땀에 젖은 기모노를 벗고 원피스로 갈아입었다. 깨끗한 기모노도 몇 벌 있었지만 내지(內地) 사람 차림으로 사진을 찍기는 싫었다. 점심을 먹고 나서 주인아주머니가 "너도 사진 한 장 찍어두지."라고 했을 때 나는 당황하지 않을 수 없었다. 아무리 널뛰듯 하는 감정이래도 사진 이야기는 뜻밖이었다. 그제만 해도 아주머니는 자기가 아끼는 화장품인 당고도랑에 손을 댔다며 트집을 잡더니 기어이 욕조 바닥의 물기 때문에 미끄러질 뻔했다고 내 뺨까지 때렸다.

아주머니는 현관 밖에 먼저 서서 채근했다.

“비가 또 오기 전에 다녀와야지.”

머리도 제대로 손보지 못할 만큼 급한 가운데서도 나는 우산 두 개를 챙겨들고 뒤따라 나섰다. 길에 나서자 지나가는 사람들이 우리를 흘끔거렸다. 화려하면서도 세련된 옷매의 아주머니는 어디서나 시선을 끌었다. 한 걸음 떨어져 걷던 내 발걸음이 조금 느려졌다. 그들의 눈에 우리 두 사람은 아름답고 여유 있는 내지 부인과 대우받는 조선인 오모니로 보일 게 틀림없었다. 철도병원 앞의 공원길을 따라 초량 전차정거장으로 갔다. 부산중학으로 올라가는 삼거리에서 아주머니는 멈추었다. 사진관은 중학교 올라가는 길가에도 있고 극장인 다이세이자(大生座) 옆에도 있었다. 전차까지 타고 혼마찌(本町)로 갈 리는 없겠지만 종잡을 수 없는 게 아주머니의 심사였다.

“가까운 데로 가지 뭐, 초량정에서야 그 집이 그 집일 테니.”

아주머니는 왼편의 오복점(五服店)에 눈길을 잠시 두더니 게다를 떼어놓았다. 볼 만한 옷이 있

을 리 없었다. 그녀의 눈에 차는 상점은 혼마찌에
서도 몇 안 될 것이었다. 올 봄에 있었던 인사이
동 때 관사 내에서는 새로 부임하는 소장 부인이
미인인 데다 멋쟁이라는 소문이 미리 돌았다. 주
인 부부가 오기 전에 먼저 영선계 직원이 부평정
의 기술자들을 데리고 와 다다미와 욕조를 바꾸
었다. 10조와 8조 방의 다다미를 바꿀 동안 짚 냄
새에 머리가 아픈 데다, 도배 일을 거들고 청소
를 하느라 매일같이 파김치가 되었다. 그러나 용
산으로 전근 가는 마쓰무라 댁을 따라 가지 않은
것만 해도 다행이었다. 오모니들은 주인을 따라
다른 철도국이 있는 곳으로 따라가기도 했는데,
인사명령이 난 뒤 마쓰무라 부인이 그런 뜻을 비
쳤던 것이다. 마쓰무라 소장 집에는 아이가 셋인
데다 노모까지 있어 일이 고된 편이었다. 일 고생
보다 부모와 동생들 곁을 떠나는 게 나는 더 무서
웠다. 전화로 의논이 되었는지 주인아저씨가 "넌
여기 그대로 있어도 좋아."라고 말했을 때 나는
정말 기뻤다. 돌아가신 할머니에게 물려받은 재

조인지 눈썰미가 있는 데다 기억력도 좋아 나를 데리고 있으려는 주인아주머니들이 많았다. 고등관인 운수사무소장 관사에는 3년째 머물고 있었다.

위로 휴가를 마치고 다카하시 부부가 왔다. 키가 작고 콧수염을 기른 아저씨는 목소리가 우렁우렁했고 부인은 신문이나 잡지 광고에서 보던 여자들처럼 미인이었다. 아이를 가져본 적이 없이 그런지 서른여섯 살 몸매로 보이지 않을 만큼 날씬했다. 미리 보내온 짐의 대부분이 아주머니의 것이었던 만큼 그녀의 치장 뒷바라지가 여섯 식구 집안일보다 더 바빴다. 음식 장만도 소로시 내 몫이 되었다. 부인은 처음 며칠 동안 간 맞추는 것만 일러둔 뒤로 부엌 출입을 하지 않았다. 내 요리 솜씨가 문제가 되지 않았던 것은 부부가 바깥에서 먹는 일이 잦은 데다 주인아저씨의 출장도 잦았기 때문이다. 아저씨는 어제도 진주(晉州) 방면으로 출장을 갔다.

아주머니가 목조 이층 앞에서 걸음을 멈추었

다. 사진관은 이층이었다. 나무 계단이 깨끗했고 문을 열고 들어선 실내는 호화롭게 꾸며져 있었다. 앞머리가 벗겨진 주인이 달려나와 깍듯이 인사했다. 옷이 날개라는 말은 어디서나 통하는 모양이었다. 아주머니가 견본사진들을 슬쩍 훑으며 자기 것은 중간 크기 두 장, 내 것은 작은 크기 두 장으로 하겠다고 말하자 사진관 주인은 연신 머리를 조아리며 "네, 좋습니다."라고 거들었다. 지나치다 싶은 친절은 동경(東京) 상류층이 쓴다는 아주머니의 야마노테 말씨 때문이기도 할 것이다. "게이조우(京城)에서야 그리 어렵지 않았지만 가마야마(釜山)에 온 뒤론 맨 규우슈우 사투리 아니면 오오사까 사투리만 들으니 귀가 따가워." 언젠가 아주머니는 아저씨에게 그렇게 투덜거리기도 했다.

아주머니는 조수 아이가 깨끗한 새 수건을 두 번이나 바꾸어가며 닦은 뒤에야 서양풍의 의자에 앉았다. 함석 갓을 씌운 엄청 밝은 전등불 두 개가 쏘아지는데도 아주머니는 정물처럼 앉아 눈 하나 깜박이지 않고 미소를 지었다. 사진상자 뒤에 선 사진사가 "네 좋습니다. 오른쪽 팔꿈치를 살짝 팔걸이에 얹어 더욱 자연스럽습니다."라고 말한 뒤 검정 보자기 속으로 들어가 동그란 고무주머니를 눌렀다. 퍽, 섬광과 같이 매운 연기가 피어올랐다. 주인은 사진상자에서 까만 판을 빼서 옆방에 가져다 놓고 돌아와 턱짓으로 내게 의자를 가리켰다. 나는 아주머니를 눈여겨 봐두고 있있다. 팔걸이에 팔을 길치는 대신 두 손을 가지런히 아랫배 쯤에 모아 쥐고는 턱을 조금 목 쪽으로 당기고 눈을 자연스럽게 크게 떴다. 나는 사진상자 가운데 박힌 집광부의 그 가늠할 수 없는 새카만 구멍을 향해 나만이 지을 수 있는 미소를 가만히 지었다. 지금의 이 모습, 그리움으로 달아오른 내 마음까지 그대로 사진에 옮겨 건네 줄 사람을 나는 생각하고 있었다.

"저녁에는 양복점 사람이 오기로 했는데 너도 치수를 재볼래?"

사진관을 나와 아주머니가 한 말은 또 뜻밖이

었다.

"제가 무슨 그런 옷을……"

"왜? 모던걸 조선인 오모니가 한번 되어보는 것도 좋을 텐데. 신문에라도 날지 누가 아니."

아주머니는 부채질을 계속하면서 웃어댔다. 옷 이야기야 아무래도 상관없었다. 삼거리 쪽으로 다시 걸음을 옮기면서 나는 골똘히 생각을 모았다. 사사건건 신경질을 부리는 것보다 어르는 쪽으로 마음이 기울었을까. 아저씨가 출장을 간 이 기회에 자신의 속마음이 확실히 정해졌다는 걸 내게 전하고 있는 것일까. 나는 편한 쪽으로만 기우는 내 심사가 미덥지는 않았지만 어쨌거나 이번 일이 그만하게 마무리가 되었으면 하는 바람만은 어쩔 수가 없었다.

"정축년 봄에 굶주림이 들었을 때 논 서 마지하고 떡을 바꿔 먹은 초량사람이 있었다. 가실이 되몬 쌀이 다문 몇 가마이라도 나올 거라는 걸 와 모르겠노마는 사흘 굶은 눈에 떡이 먼저 안 보이겠나. 이번 보릿고개 넘기면서 그때같이 배곯는 일이 우리한테 안 닥친다고 누가 장담하겠노. 니 입하고 동생 하나 입만 덜어라.”

　치맛자락으로 내 눈물과 당신 눈물을 닦으며 할머니가 말했다. 그때 나는 열 살이었다. 매축공사라고 부르는 바다 메우는 돌일을 하다 아버지는 병들었고, 내 밑으로는 동생이 넷이었다. 올 정월 초이레 할머니 초상날, 소학교 졸업반인 둘째 동생은 상업학교에 꼭 가서 누나 고생 덜겠다고 내 손을 붙잡고 울었다. 할머니를 보아서도 그 소원은 꼭 들어주어야 했다.

　삼거리가 가까워지면서 내 눈은 자꾸만 오른편을 향했다. 장(醬)공장과 두부공장이 있는 저 길을 따라가면 며칠 후에 내 사진을 쥐어줄 사람이 있다. 지금 비가 쏟아진다 해도 내 손에는 미나까이 상점에서만 판다는 고급 우산이 있다. 아주머니가 이대로 혼마찌나 장수통으로 갈 수도 있다는 생각이 언뜻 들었다. 그렇게 달려든 생각에 매달리자 오른편 길들이 더 넓고 환하게 들어왔다. 그의 얼굴을 잠시만 보아도, 열흘 넘게 해

댄 공이질로 구멍 난 내 가슴은 씻은 듯 나을 것 같았다. 그리고 관사를 떠나는 일이 생길지도 모르니 조선방직 일자리를 알아봐 달라고 그에게 미리 말해두고 싶었다. 그에게 가는 길이 눈에 들어오자 마음 한구석에 막연하게 자라나고 있던 생각의 싹이 뚜렷한 모습을 보였다. 주인아주머니가 어느 쪽으로 갈피를 잡든 나대로의 길을 찾아야 했다. 승덕을 만난 뒤 나는 내지인의 하녀로 일하는 내가 부끄럽다는 생각을 자주 하고 있었다.

"넌 바로 가거라."

그때 아주머니의 목소리가 아련하게 귓전을 파고들었다. 나는 걸음을 멈추고 우산을 건넸다. 내 손에 힘이 다 빠져나가는 것 같았다. 그녀는 그대로 서 있었다. 기어코 내가 전찻길 건너는 걸 보고 걸음을 떼겠다는 기세였다.

"그럼 먼저 가겠습니다." 나는 인사하고 전찻길을 건넜다. 고관 쪽에서 전차가 전깃줄에 불꽃을 튀기며 내려오고 있었다. 나는 뒤돌아보지 않왔다. 그날 이후 아주머니의 신경이란 신경은 모조리 내 입과 행동거지에 쏠려 있었다. 나는 역담장을 지나 철도구역 길을 따라 천천히 걸었다. 허리만큼에서 전지된 사철나무 담 안으로 꽃을 달지 않아 멀쩡게 보이는 코스모스가 줄지어 선 길은 호젓했다. 무엇을 본다는 것이 잘못일 리는 없다. 내가 아는 것 모두도 보고 들은 것이다. 승덕을 본 것이 어찌 잘못이겠는가. 나는 만났다는 말 대신 보았나는 말을 쓰고 있다. 그린데 본다는 게 누가 무엇을 목격했느냐에 따라 잘못일 수도 있다.

보름 전 그날, 비 때문에 며칠 밀린 빨래를 급하게 하고 저녁 설거지까지 마쳤을 때 이노우에 가 왔다. 오후 늦게 날이 들어 구름장은 걷혔지만 7시가 지난 시간이었다. 나는 맥주와 수박을 내놓고 바람이 조금이라도 통하는 부엌 뒤 마당에 앉아 있었다. 응접실에서 유성기를 틀어놓고 무슨 장난을 치는지 두 사람의 웃음소리가 간간이 들려왔다.

“형님 내외분 떠난 뒤로 일할 맛이 나야지요. 용산 올 놈들은 줄을 섰으니 쉽게 되었습니다.”

경성서부터 잘 아는 사이라는 이노우에는 주인 내외가 내려온 한 달 뒤쯤 공제조합 초량배급소로 전근을 왔다. 나쁜 기운은 단번에 느끼는 것인지 그에게는 기분 나쁠 정도의 축축한 음기가 맴돌고 있었다. 남자치고는 곱상하게 생겼지만 배코 친 머리에 깊게 주름 잡힌 목이 눈길을 피하게 했다.

“마작 때문이겠지. 고급술도 공짜로 마시는 데다.” 아저씨가 마음씨 좋게 칼칼 웃어댔다. 인사 온 첫날 술상을 보고 나오는데 이노우에가 “홋까이도우 암말같이 튼튼하군요.”라고 말했다. 처음 몇 걸음은 반드시 뒷걸음쳐 나와야 하니 숙인 내 얼굴에다 내뱉는 소리였다.

“내지까지 갈 게 뭐 있나. 저 건너 마끼노시마(牧島) 정도면 되지. 예전에 거기가 말 목장이었대.” 주인아저씨가 거들었다. 절영도를 내지 사람들은 마끼노시마라고 부르고 있었다.

"얼굴도 반반한 게 냄새가 좀 나도 한동안 굶주린 형편이라면 동하겠는데요."

나는 그의 시선이 싫어 재빨리 미닫이를 닫았다.

"오모니 생활 십 년이라는데 기무치 냄새가 날 리 있나. 목욕도 자주 시키지 아마."

"우리 말도 잘 알아듣고 온돌에서 안 잔 지 오래되어 그런지 머리도 잘 돌아가요."

아저씨와 아주머니가 잇딜아 밀했다. 조신 사람들이 온돌방에서 자서 모두 바보가 되었다는 말을 나는 자주 들었다. 아무리 심한 소리를 들어도 듣지 않은 걸로 지내야 한다는 게 몸에 배었지만 이번에는 너무 수치스러워 얼굴이 달아올랐고 어금니도 소리 나게 꽉 다물렸다.

아저씨가 출장을 가도 이노우에의 출입은 자유로웠다. 철도 사람들이 대부분인 마작패들과 어울리기도 했지만 혼자 찾아올 때가 더 많았다. 유성기를 틀어놓고 화투를 치면서 내가 잘 알아들을 수 없는 야한 농담을 나누며 두어 시간 머물다 돌아가곤 했다.

그날 내가 방으로 돌아와 헌 잡지를 뒤적이다 깜박 잠이 들었던 것만은 틀림없었다. 벽에 기대어 자불다 깜작 놀라 일어나는 일은 늘 있었다. 방 안은 어느새 어두워져 있었다. 아주머니가 찾았을 수도 있다 싶어 나는 바른 총으로 복도로 나갔다. 내 방은 목욕실과 변소, 부엌이 모여 있는 뒤켠에 면해 있어 소리에 어두운 편이었다. 현관에 서니 오랜만에 푸르무레한 하늘이 보이면서 달빛도 흐르고 있었다. 8시가 지나면 켜지는 대문 앞의 외등과 길가의 보안등에도 전깃불이 들어와 있어 마당과 정원이 제법 훤했다. 응접실은 물론 집 어디에도 불은 켜져 있지 않았다. 이노우에는 벌써 돌아가고 아주머니는 잠든 모양이었다. 먹다 남은 수박을 그대로 두면 파리가 달려들겠다 싶어, 나는 발소리를 조심하며 응접실로 갔다. 아저씨가 출장 중일 때 아주머니는 자기 방이 덥다고 마당으로 난 응접실에서 자기도 했지만 거기도 비어 있었다. 불을 켜고 뒷정리를 할 수 있겠다 싶어 전구 끈을 잡았을 때 이상한 신음소리가 들렸다. 절로 내 눈이 가 닿은 10조 방 장지문으로 맨몸으로 엉킨 그림자가 보였다. 나는 깜짝 놀라 숨을 크게 들이마셨다. 갑자기 신음 소리와 움직임이 멈추더니 그림자가 둘로 나누어지면서 남자의 맨 머리통이 크게 흔들렸다. "뭐야?" 중얼대는 남자 소리에 이어 "누구야?" 하는 아주머니의 조심스러우면서도 짜증 묻은 목소리가 들렸다. 나는 땀에 젖은 손으로 쥐고 있던 전구 끈을 겨우 놓았다. 엉겁결에 줄이라도 당겨진다면 나는 그 자리에서 바로 죽을 것 같았다. 나도 모르게 침이 꼴깍 목을 타고 넘어갔다. "누구냐니까?" 옷을 찾는지 남자의 그림자가 흔들렸다. 나는 대답하지 않을 수 없었다.

"수박 그릇 치우려고……."

"저리 가. 당장!"

나는 정신없이 내 방으로 돌아왔다. 방에 돌아왔을 때 내 몸은 땀에 흠뻑 젖었으면서도 한기 든 듯 마구 떨렸다. 나는 세운 두 다리에 고개를 묻었다. 당장 이노우에나 아주머니가 뛰어들어 내 머리채를 휘어잡을 것 같아 무서웠지만 다다미 석 장짜리 내 방에는 걸어 잠글 문고리도 하나 없었다. 그러면서 나는 속으로 되뇌었다. 조금 전에 난 아무것도 보지 않았다. 아주머니의 목소리도 듣지 않았다.

다음 날 아주머니는 늦게 일어났다. 세수를 마친 아주머니에게 내가 아침상에 어떤 찬을 올릴까를 묻자, "간단히 먹지 뭐. 미소시루에 계란말이면 돼."라고 부드럽게 말했다. 내 얼굴에 닿는 시선도 예사로웠다. 그녀는 응접실에서 화단을 바라보며 한동안 서 있었다.

"오늘 하루는 비가 들려나. 어머, 아사가오가 많이도 떨어졌네!"

아주머니는 일본사람들이 아침 얼굴이라 부르는 나팔꽃잎같이 파리하면서도 엷은 미소까지 지었다. 그러고는 정원으로 나가 꽃나무에 맺힌 물방울에 옷을 적셔가며 흙 위에 떨어진 꽃을 살폈다. 깨끗한 두 송이를 줍더니 "낙화만으론 좀

싱겁지."라면서 허리를 펴고는 줄기에 매달린 성한 꽃 한 송이를 땄다. 튀는 물방울 때문이었는지 나는 움칠하면서 수반을 가져와야지 하고 생각했다. 응접실 탁자에 준비한 수반에 꽃을 띄우며 아주머니는 "얼마나 예뻐, 안 그래?"라면서 나를 은근한 눈으로 바라보았다. 그 순간 나는 어젯밤에 무엇인가를 착각하고 있었다는 생각이 들었다. 간밤에는 아무 일도 없었다. 주인아주머니의 예사로운 태도가 그걸 말해주고 있지 않느냐.

오후에 아주머니는 외출을 했다. 좀처럼 입지 않는 원피스 차림이었다. 내가 건네는 우산을 받아들고는 현관에서 마당으로 내려서며 "어제 밤에는 왜 그리 일찍 잤지?"라고 말을 꺼냈다. "이노우에 상이 돌아갈 때 내가 산책을 나갔었잖아. 돌아와 보니 내가 오는 줄도 모르고 아주 깊은 잠에 빠졌던데?"

아주머니는 도바이시라고 부르는 정원에 깔아놓은 돌 위에 서서 나를 빤히 바라보았다. 이게 무슨 소린가. 잠시 혼란스러웠지만 나는 곧 아주머니의 말뜻을 헤아렸다. "네, 깜박 자불다 그대로 잤나 봅니다." 아주머니의 시선은 내 얼굴에 드러나는 표정 하나도 놓치지 않겠다는 듯이 날카로웠다. 나는 덧붙였다. "수박을 준비해 놓고 그대로 잤나 봅니다. 산책 나가시는 것조차 몰랐습니다. 죄송합니다."

"혹시나 몽유병이 있는 건 아니야?" 아주머니의 목소리는 차가워져 있었다.

"네?"

"한밤중에 자기도 모르게 어딜 쏘다니는 거 말이야. 자고 나면 까맣게 모르지. 그렇다면 정말 곤란한데."

나는 깜짝 놀랐다. 산을 헤매다 새벽이슬 맞고 돌아와 자는 사람을 말하는구나. 내가 살던 동네에 어떤 아주머니가 그 병에 걸려 푸닥거리를 했다는 말이 떠올랐다.

"아닙니다. 전 그냥 잤습니다."

"그랬겠지."

아주머니의 시선이, 아저씨가 한 번씩 내려서

닭을 때 보았던 이층 서재에 걸어둔 시퍼런 날 같
은 시선이, 숙인 내 뒷덜미에 닿고 있음을 나는
느낄 수 있었다.

"그냥 잔 거구나."

아주머니가 매조짐을 놓았다.

어제 이노우에가 찾아왔을 때 나는 술과 수박
을 내고는 초저녁잠에 빠져 내처 잤다. 그러므로
언제 이노우에가 돌아갔는지도 모르고 아주머니
가 공원에 나녀 온 줄도 모르고 그대로 잤다. 나
는 아주머니의 말을 머리에 깊이 새겼다. 어젯밤
불도 켜지 못한 내 방에서 무턱대고 아무것도 보
지도 듣지도 않았다고 되뇐 것보다 훨씬 앞뒤가
맞았다.

각본은 그렇게 만들어졌지만 꼭두각시인 나에
대한 믿음에는 자신이 서지 않는 모양이었다. 아
주머니는 수시로 짜증을 부리더니 아저씨가 돌
아오기 하루 전날에는 나를 도둑으로까지 몰았
다. 느닷없이 부엌에 들어와 쌀과 설탕이 갑자기
줄었다며 나를 다그쳤다. 그러더니 저녁에는 가

족 형편을 물으며 월급을 조금 올려줄 듯한 말을
비치는 것이었다. 어느 장단에 춤을 춰야 할지 나
는 어지러웠다.

　오늘 일도 단지 그런 식의 널뛰기일 뿐일까. 흐
리고 후터분한 날씨처럼 내 마음은 다시 우중충
해지고 있었다.

　관사구역으로 들어서자 주인집 아이를 업거나
어린 애들을 데리고 나온 나이 든 오모니 몇이 잡
담을 나누고 있었다. 초량역으로 들어오는 3시
20분 기차의 기적소리가 들려왔다. 나는 15호 나
무 명패가 달린 문 앞에 선 채 조금 전에 내가 그
렇게 조바심을 쳤던 전찻길 쪽을 바라보았다. 나
는 승덕을 보고 싶었다.

　"덕으로 세상사를 이기내라고 할아버지가 지
어주셨답니더."

　대청정 야마시다 세탁점에서 옷을 찾아 전차
에 올랐을 때 빗방울이 듣기 시작했다. 비가 오리
라고는 생각지도 못한 날씨였다. 잠깐 지나가는

소낙비라면 영주정 못 미쳐서 그칠 수도 있었다. 갑자기 비가 내려서인지 거리는 부산스레 부풀어 올라 보였고 내 마음도 덩달아 바빴다. 초량정까지 가는 동안 멈추지 않는다면 고관으로 오르는 언덕에서는 그쳐주지 않을까. 고관에 있는 기관차 조차장으로 해서 관사로 갈 수도 있었다. 연락선 잔교(棧橋)와 부산역이 있는 새마당에서 여러 사람이 올랐다. 빗물이 흘러내리는 우산을 들고 타는 그들이 부럽기 짝이 없었다. 운전내 앞 유리창에 달린 비딱이가 쉼 없이 빗물을 지워내고 있었다.

땡땡거리며 전차가 초량정거장으로 들어섰다. 나는 자리에서 일어나 입구 쪽으로 나갔다. 여기서 그치지 않는 비가 고관에서 멈출 리는 없었다. 나는 당초무늬가 놓인 옷 보자기를 가슴에 끌어안았다. 전차가 덜컹 멈추었다. 나는 빗속에 섰다. 이제는 뛰는 수밖에 없었다. 그때 하늘이 가려졌다. 누군가의 우산이 내 머리 위에 올라 있었다. 나는 고개를 들었다. 비를 맞으면서도 얼굴에 미소가 환한 남자가 내 앞을 막고 서 있었다.

“보자기에 든 옷도 중요하지만 물건 든 사람이 비 맞으몬 되겠습니꺼. 가시는 데까지 갑시더. 철도관사라고 짐작됩니더만.”

단발을 하고 내지 옷을 입어도 조선인 오모니는 표가 난다. 나를 깔보고 하는 말이 아닌 줄은 알면서도 부끄러운 생각이 든 것은 그가 훤칠하게 잘생긴 총각이기 때문이었다. 내가 머뭇대자 그가 먼저 걸음을 떼놓았다.

“새마당에서 전차에 오르자마자 내가 우산을 잘 들고 나왔구나 하고 생각했십니더. 고관이나 부산진 가서 내린다 해도 따라 내렸을 깁니더.”

“고관까지 가몬 비가 그칠까 하는 생각도 했어예.”

말문이 쉽게 열렸다. 언젠가 이 사람과 기름 먹인 지우산을 같이 쓰고 걸었던 적이 있는 것처럼 생각되기도 했다. 정말 알 수 없는 일이었다.

“올 여름에는 비가 자주 올 것 같습니더. 느닷없는 봄비가 이리 오는 거 보니. 열흘마다 꼭 비가 오거던예.”

뒤의 말은 무슨 뜻인지 알 수가 없었다. 그보다, 가슴에 끌어안은 옷 보자기에 신경 쓰면서 이야기를 하느라 몰랐지만 그는 우산 살대 끄트머리에 서서 비를 그냥 맞고 있었다.

“우짭니꺼, 이리 들어 오이소.”

나는 우산 속에 그가 들어올 자리를 만들며 조금 비켜섰다.

“괜찮습니더, 한 사람이라도 멀쩡한 기 낫지예.”

그는 내가 비켜선 쪽으로 우산 머리를 돌렸다.

“그라고 비 오는 날 말 많이 하몬 귀신 나온다 카지만 오늘만은 상관 안 할랍니더. 저는 남선창고에서 일합니더. 명태고방이라고, 새로 지은 벽제병원 안길에 있습니더.”

저만치 관사구역이 보이자 내가 바빠졌다.

“명태고방을 와 몰라예, 떡논에 지은 고방 아입니꺼. 떡하고 바꾼 논이라고 그리 부른다데예.”

"열흘에 한 번씩 배가 들어오는데 배 들어올 때마다 꼭 비가 와서 오늘은 아예 우산을 챙겨 나왔다 아입니꺼. 이 우산 덕에 지가 복을 만났네예."

그는 자신의 이름을 소개했다. 나는 조금도 부끄럽지 않게 내 이름을 말했다.

"제 이름은 떡논 애길 해주신 할머니가 지었어예. 오두점, 호적에는 이점이라고 올라 있어예."

목 밑 어깨짬에 점 두 개가 있어 그렇게 지었다 말해도 하나도 창피하지 않을 것만 같았다.

승덕이 일하는 곳으로 눈을 둘 때마다 언제나 두어 뼘 떨어져 솟은 구봉산이 보였다. 엎드린 거북을 닮은 그 산을 볼 적마다 단단하면서도 넉넉한 승덕의 등이 떠올랐다.

사진을 찍은 그날부터 사흘 내리 잠을 제대로 자지 못했다. 아주머니는 6시쯤 들른 양복점 사람에게 옷 치수를 쟀다. 사진관 앞에서 했던 내 양장 이야기는 꺼내지도 않았다. 아주머니는 양복점 사람이 돌아간 뒤 영화를 보고 오겠다고 나가서는 12시가 지나서야 돌아왔다. 다음날에는 오랜만에 마작패들을 불러 새벽 한 시까지 놀더니 어제도 영화 관람이 끝난 자정 뒤에 돌아와 목욕물을 데우게 했다. 그동안 이노우에는 코빼기도 보이지 않았다. 쏟아져 내리는 잠을 참지 못하고 깜박깜박 자불 때 승덕을 만나야 한다는 생각만 하다 깨곤 했다.

오후엔 음식을 재워둘 얼음덩이와 수박을 사러 나갔지만 승덕을 찾아갈 시간을 낼 수는 없었다. 저녁식사 뒤 산책을 나갔던 아주머니가 10시쯤 돌아와 자도 좋다고 말했다.

"사진 찾는 날이 내일이지? 오늘은 다른 일 없으니 일찍 자도 좋아." 아주머니는 잠시 뒤 "내일은 청소부가 오지 않는 날이니 좀 늦게 일어나도 되겠군." 하고 덧붙였다.

세수를 하고 내 방에 들어왔을 때 이대로 자도 될까 하는 생각이 들었지만, 내 손은 이미 오시이레(붙박이장)에서 요와 베개를 꺼내고 있었다.

눈꺼풀이 무너져 내리고 잠이 쏟아졌다.

　나는 사진상자의 집광부 속으로 빨려들고 있었다. 그 뒤에는 검은 보자기 속의 캄캄한 어둠이 아가리를 벌리고 있었다. 승덕에게 건네줄 사진을 찍기 위해 뜨거운 전깃불 촉광 아래서 사진상자를 바라보고 있을 뿐인데 내가 왜 이러지. 나는 승덕을 만나러 가야 한다. 내지 사람의 하녀로 일하는 게 부끄러운 일은 아니지만 기술을 배우면 두고두고 쓸모가 있을 거라고 승덕이 말하고 있다. 조선방직에 나가는 누이에게 자리를 알아보겠다는 말도 했다. 임금은 적고 일은 고되어도 동생들 공부는 마칠 수 있다. 나는 승덕에게 꼭 부탁해야 한다. 풋풋한 살내가 나는 그의 땀내를 맡으면서 나는 내게서 나는 냄새가 부끄럽고 싫었다. 내 몸은 언제나 조림 냄새와 튀김기름 냄새에 절어 있었다. 사진사가 촉광을 더 높였는지 내 얼굴과 목에서는 끈적한 땀이 흘러내렸다. 어둠으로 끌려들어가고 있는 것은 내 목이었다. 내 목은 기도가 막힌 채 내가 한 번도 만난 적이 없는 어

두운 세계로 빨려들고 있었다. 이 차갑고도 뻣뻣
한 하오리 허리띠가 왜 내 목을 감고 있는가. 비
단 끈에 수놓아진 그 사꾸라 꽃잎이 뱀이 되고 쇠
줄이 되어 내 목을 조이고 있다니. 얼굴로 피가
모여들고 부릅뜬 내 눈도 핏빛이 되고 있다. 띠를
풀기 위해 기분 나쁜 땀으로 미끌대는 팔뚝에 열
손톱을 깊이 박고 또 다른 손아귀에 붙잡힌 두 발
을 발버둥치는 동안 목뼈와 내 가슴뼈는 다 무너
져 내리고, 무엇보다 고통의 시간조차 점점 줄어
들고 있다는 게 못 견디도록 안타까웠다. 이 고통
이 언제까지 계속되더라도 나는 내 목을 조이는
이 끈을 풀어야 한다. 처음 오모니로 일할 때 보
는 것마다 놀랍고 이상하지 않은 게 없었지만 특
히 내지 사람들의 옷에 그렇게 많은 띠가 필요하
다는 게 신기했다. 조선치마에는 그 옷에 맞는 허
리띠 한두 개면 되지만 그들은 남자나 여자나 옷
마다 띠가 다르고 옷 하나에도 너비와 길이가 다
른 띠가 몇 가지나 되었다. 지금 나는 십 년 동안
내가 빨고 다린 그 띠에 얽혀 있다.

핏물 속에 뜬 눈으로 흔들리는 전깃불 너머 할머니와 동생들을 본다. 오모니로 불리던 첫날, 밤이 새도록 울고 있는 나도 그림자로 보인다. 그리고 그림자가 걷히고, 비 내린 오후의 여름 저녁노을 속으로 새떼들이 날아간다. 그 순간 실같이 가느다란 구멍으로 바람이 들어온다. 그 공기에는 구봉산에서 불어오는 아침 바람과 갯내가 스며든 비안개의 냄새가 난다. 솥에서 밥물이 넘는 냄새, 청어 굽는 냄새, 승덕을 만나러 나갔을 때 내 머리에 남아 있던 희미한 사분 내음과 그의 살 냄새. 조금씩 다르게 부닥치길 반복하는 파도같이 철따라 물빛과 흐름만 조금 달리하는 강처럼 우리의 시간은 그렇게 이어질 수 있을 텐데.

나는 울었다. 소리를 내지도 눈물도 없이 나는 운다. 빛이 보인다. 그림자를 만들지 않으면서 따스한 빛을 따라 나는 걷는다. 내가 다른 세상에 닿았음을 나는 알았다.

나는 할머니가 누워 계시는 동네 뒷산, 수정정산 44번지에 묻히지 못했다. 낙동강이 멀리 내려다보이는 곡정이란 동네에 새로 세워진 화장장에서 불태워졌다. "죽어서는 호사하는 거야." 조선인 순사가 말했을 때, 자리에서 일어나지 못하는 아버지가 왔다 해도 마찬가지였겠지만 어머니는 그저 벌벌 떨고만 있었다. 오모니로 살았으니 내지인처럼 끝장을 보는 것도 괜찮은 일이라고 다른 순사가 거들었다. "산에 뿌려야 돼!" 화장장까지 따라온 순사가 지시했다. 혼절한 어머니 대신 바로 밑의 동생이 나를 바람이 되고 흙이 되게 해주었다.

쇼우와 5년, 1931년 7월 마지막 날 밤 나는 그렇게 사라졌지만 내 죽음은 세상에 회자되었다. 철도국 고등관 관사에서 일어난 스무 살 조선인 오모니 살인 사건은 겉포장일 뿐 세간의 이목은 다카하시 부인과 이노우에 사이의 불륜관계에 모아졌다. 다카하시 소장과 내 관계를 질투한 부인의 소행이라는 말이 먼저 돌았던 것은 물론이다.

3년을 끈 재판 결과는 판결문에 주범과 종범으

로 명시된 다카하시 부인과 이노우에 모두 무죄
였다. 1심 검사는 서둘러 이노우에 부인을 기소
해 무죄를 받게 하더니 2심에서는 일사부재리 원
칙을 내세우며 기소조차 하지 않았다. 그는 다카
하시 소장과 대학동창이었다.

몇 년 뒤 다카하시 부부와 1심을 맡았던 담당
검사, 예심판사, 재판장까지 모두 함경북도 청진
에 근무한 것을 두고 내가 불러들인 거라고 말하
는 이도 있었지만 그건 아니다. 그냥 우연이거나
동향과 학연을 따라 움직이는 그네들의 관습 때
문일 것이다. 다카하시 부인이 게이샤 출신이라
는 뒷말도 있었지만 그게 뭐 그리 중요하겠는가.
내가 죽어 손각시가 되지 않았다는 것만은 분명
하게 말할 수 있다. 나는 내 죽음과 관련된 누구
에게도 해코지를 하지 않았다. 그런데 오늘 내가
이렇게 입을 연 것은 사라져가는 그 무엇에 대한
안타까움 때문이다.

승덕과 내가 주로 만난 곳은 명태고방 부근이
었다. 심부름이 잦은 내가 시간 내기가 수월했기

때문이다. 다카하시 부부가 경성에서 내려온 상사 부부를 접대하기 위해 해운대 온천에서 일박을 하던 날 밤, 나는 못 견디게 그가 보고 싶어 밤중에 관사를 빠져나왔다. 승덕은 회사에서 침식을 하고 있었다. 환한 달빛 아래 드러난 붉은 벽돌담에 기대어 선 내가 하나도 부끄럽지 않았다. 뜨거운 그의 손이 내 손을 끌어 나는 고방 안의 담에 섰다. 그의 이마에 땀이 맺히고 내 가슴은 적벽놀보다 더 붉게 뛰었다. 손이 내 허리를 감으면서 그의 입술이 내 입술을 덮었다. 승덕의 혀는 달고도 뜨거웠다. 접문례(接吻禮)를 나누는 동안 내 몸은 살포시 땅을 떠나 청명한 초여름 대기 속으로 떠올랐다. 파도 소리도 들려왔다. 아버지가 바다를 메워 전찻길을 내기 전까지 창고 바로 앞에는 배가 닿았다. 나는 부드러운 파도 소리를 들으며 승덕에게 안겨 밤바다 앞에 서 있었다.

그 단 한 번이 스무 살 내 육체가 정신과 하나되어 누린 희열의 모두였다. 사람들이 그 무엇인가를 이 세상과 바꾸었다고 말할 때, 내 경우에는 그와 나눈 그 한 번의 접문례를 이승과 바꾸었다고 할 수 있다.

그리고 단 한 번만이라는 말은 내가 속한 세계에서도 통한다. 우리는 누구나 단 한 번만 떠나온 세계를 향해 입을 열 수 있다. "불쌍한 내 강새이(강아지)야, 그걸 알았시몬 기다리라." 내가 손각시가 되지 않게 해준 할머니 말씀처럼 나는 기다리고 기다렸다. 승덕을 잊지는 않았지만 그를 위해 머물지는 않았다. 바다를 보고 앉아 언제나 아침 해가 일찍 들던 내가 나고 자랐던 초가집, 승덕을 처음 만났던 비 내리는 초량 전차정거장, 야트막한 고관 언덕길의 백양나무 가로수, 철도병원 옆의 가파른 돌계단, 관사로 가는 철길 가에 피어난 코스모스, 그와 같이 할 강 같은 시간으로 웃음 지었던, 내가 불태워진 사진관도 나는 본다. 내게 잊히지 못하는 곳은 새로 지은 백제병원과 등을 대고 있는 명태고방의 그 긴 담, 환한 달빛 아래 입술을 나누던 승덕과 나를 숨죽여 지켜보던 기와까지 붉었던 창고다. 그 담과 건물이 그 자리에서 비바람을 맞고 뜨거운 햇볕을 받으며 그대로 있음으로 나는 승덕과 보낸 순간을 영원으로 바꿀 수 있었다.

당신이 속한 이승의 시간으로 지난 가을에 창고가 헐리기 시작했다.

백제병원에 불이 나서 안이 홀랑 다 탔을 때, 중앙극장으로 남은 다이세이자, 마쓰무라네 아이들과 가보았던 이층 관람석을 받친 열 개의 쇠파이프가 타원형을 이룬 그곳이 헐렸을 때도, 나는 가슴을 졸이며 지켜보았다. 명태고방 때문이었다. 걱정은 언젠가 우리 앞에 실재가 되어 무참한 절망이 된다.

내 부끄러운 속까지 다 보여주면서 단 한 번밖에 할 수 없는 말을 당신들에게 하는 나를 생각해주기 바란다. 누군들 멈추어두고 싶은 시간과 같이 하는 잊히지 못하는 곳이 없겠는가.

이제 내 이야기는 끝났다. 나처럼 입을 열게 될 때 당신은 무슨 얘길 하려는가.

아내를 두고

"당신을 위해 기도해도 되겠지."

아내가 그 말을 꺼냈을 때 내가 언성을 높였다면 아내의 신심이 내가 처음 생각했던 쪽과는 다른 방향으로 가고 있다는 우려를 벌써부터 하고 있었기 때문이다. 그날은 다른 때와는 분명 다른 식으로 이야기를 이끌고도 있었다.

"짝믿음이 힘들다고 목사님이 하신 말씀은 여러 사정으로 혼자 시간 내기가 어려워 소홀해질 수 있다는 뜻도 있지만, 믿음이 자기 혼자만의 것으로 끝나서는 안 된다는 뜻도 담겨 있어. 개인의 경건 외에 복음전도가 신앙의 두 기둥이라고 하는데 다른 기둥 하나가 없다는 데서 오는 어려움을 말하는 거야.”

　아내가 나를 위해 기도하겠다는 것은 결국 나를 교회로 이끌겠다는 뜻이었다. 가끔 자기도 나랑 같이 나가면 좋을 텐데, 라던 예전의 감정적인 태도와는 달랐다. 거기에다 짝믿음을 두고 내가 목사님에게 했던 아주 의례적인 대답까지 엉뚱하게 해석하려 들고 있었다.

　“내 믿음을 도와주겠다고 대답했을 때 당신은 이미 신심의 강가에 나앉은 서야. 그러니 내가 당신을 위해 기도하는 건 당연하지 않겠어.”

　“목사님께 했던 말은 짝믿음에서 오는 당신의 불편함을 없애주겠다는 뜻에서였는데 왜 그리 지나치게 생각할까.”

　우선 그렇게 운을 뗐지만 어차피 애기는 길어질 수밖에 없었다.

　아내가 심방을 알리면서 나더러 집에 있어주었으면 하는 뜻을 전했을 때 내가 응한 것은 어차피 한 번쯤은 인사를 나누어야 한다는 생각을 하고 있었기 때문이다. 중년을 넘긴 목사는 편안해 보였고 나는 아내의 교회 출입을 도운 단비엄마를 따뜻하게 대했다. 그녀는 아내의 고등학교 친구였다. 목사가 아내의 교회 인도와 우리 집을 축복하는 기도를 드린 후, 세 사람은 찬송가 두 곡을 함께 불렀다. 차를 마시고 자리에서 일어나면서 그는 내 손을 힘주어 잡았다.

"짝믿음은 배로 힘이 듭니다. 많이 도와주십시오."

짝믿음이 부부 중 하나만 교회에 나가는 걸 두고 하는 말이라는 것 정도는 짐작할 수 있었던 데다 갑작스레 믿음을 갖게 된 데 따르는 여러 가지 불편한 문제도 아내에게 있겠다 싶어 나는 알겠습니다, 라고 답했을 뿐이었다.

"요즘 들어 자기가 교회 일에 너무 열심이다 싶어 나로서는 걱정이랄까 서운한 마음도 들어. 물론 그쪽 세계를 잘 모르고 하는 소리겠지만, 당신은 당신 자신의 마음을 다스리고 평안을 찾기 위해서 신앙을 가진 거잖아. 교회에 나가고자 했을 때 우리가 나누었던 말들을 생각해 봐."

　그동안 아내가 집을 자주 비움으로써 오는 생
활의 불편함을 두고 몇 차례 잔소리 같은 걸 늘어
놓기는 했지만 나로서는 처음으로 아내의 신앙
생활에 대해 긴 말을 늘어놓고 있었다. 진작에 나
눠야 했을 이야기를 미루어두다 아내가 먼저 꺼
냈다고도 할 수 있었다.
　"내 믿음이 어디서 시작되었는지 당신이 잘 아
는데 내가 왜 당신이 하고자 하는 말뜻을 모르겠
어."
　아내가 말했다.
　"그런데 계기가 전부는 아니잖아. 시작은 시작
일 뿐이지 거기에 머무른다면 무슨 의미가 있겠
어. 내 시작은 그야말로 우리 모두가 나약한 존재
라는 것, 우리 삶이 허점투성이라는 사실의 증거
에 불과한 거야. 그렇게 시작한 믿음이기에 내 안
에 충만한 기쁨과 축복을 나만의 것으로 가두어
둔다면 그야말로 나는 이기적인 존재이고 내 신
앙은 기복적인 것에 지나지 않게 되는 거지. 여
보, 우리가 같이 걸어왔던 것처럼 앞으로도 걸어

갈 길이 하나면 그보다 더 좋은 게 어디 있겠어."

아내가 너무나 차분하게 앞뒤를 헤아리고 있었기에 당황한 쪽은 나였다. 이야기를 풀어가기 위해 나는 나대로 지난날을 돌아볼 수밖에 없었지만, 그에 앞서 따져둘 일은 신앙 문제가 우리 사이에 심각한 문제가 되리라고는 두 사람 다 생각해 보지 않았다는 것이다. 결혼 전에 우리는 둘 다 종교를 갖고 있지 않았으며 살면서도 그런 고민에 부닥쳐 본 적은 없었다. 그러기에 나로서는 아내의 입교가 여전히 서먹할 수밖에 없는 데다, 짝믿음을 끌어 와서는 같이 신앙생활을 하자고 서두는 게 못마땅할 수밖에 없었던 것이다.

내가 정년을 맞았을 때 우리에게 남은 큰 걱정거리는 없었다. 경제적으로도 건강 면에서도 문제가 될 건 없었다. 딸아이가 더 서둔 해외여행을 다녀온 뒤 나는 나대로 미리 준비해 둔 취미생활을 시작했고 아내는 아내대로 평범한 일상사로 돌아갔다. 내 퇴직이 별스러운 변화를 가져올 이

유가 없었던 것이다. 헬스클럽에 같이 등록을 하고는 한 달도 채우지 못하는 아내를 보면서 지금까지 살아오던 테두리 내에서 크게 벗어나지 않으면서, 그리고 벗어날 것도 없이 살아가게 되어 있구나 라는 생각까지 하고 있었다.

그런 우리 부부에게 뜻하지 않은 문제가 생긴 것은 딸아이 때문이었다.

딸이 시집가면 엄마가 바빠진다지만 아내에게는 그릴 일이 없었다. 서울서 사는 데다 손자가 아직 없었던 것이다. 딸애가 직장을 나가고 있어서인지 서두르지도 않는 눈치였다.

6월 2일 토요일, 아내는 날짜도 잊지 않고 있었다.

"엄마 어떡해. 우리 미국 가게 되었어."

정리를 하자면 딸아이의 시숙부가 사업을 사위에게 물려주기 위해 들어오기를 원하는데, 숙부에게는 자식이 없어 법적으로는 아니지만 어렸을 때부터 이미 가족 간에 양자로 합의되어 있었다는 것이다. 아이들이 이야기를 늦추다 꺼냈을 뿐이지 모든 것은 결정되어 있었다.

"재준 씨랑 엄마 걱정 많이 했어. 재준 씨는 사 남매지만 난 혼자잖아."

얘기는 같이 들었지만 딸아이는 제 엄마만 걱정이었다. 아내는 상당한 충격을 받았는지 울음까지 터뜨려 딸 내외를 당황하게 만들었다.

"다른 걱정 다 떨쳤다 했는데 이게 무슨 날벼락이냐. 이게 무슨."

하나뿐인 자식의 이민이 우리 부부의 남은 삶에 어떤 형태로든 구멍을 낸 일이라는 것까지는 알았지만 그게 서운하고 외롭다는 심적 고통 이상의 것은 아닐 터였다. 아내는 물론 나까지도 그때는 그런 심정으로 딸을 내보냈을 것이었다. 그랬기에 아내도 활달함을 되찾고 딸아이가 만들어 놓고 간 빈자리를 재빨리 채워나갔다. 아내는 마침 집 근처에 새로 들어선 목욕탕에 달 목욕을 다니기 시작했고, 거기서 만난 사람들과 소문난 음식점을 찾아 점심을 먹고 오기도 했다. 그러는 동안 처음 한동안 매일같이 오고가던 딸과의 전화도 뜸해지고 컴퓨터 화상통화마저 시들해져 갔다.

아무리 시간이 약이라 해도 탈이 날 것은 결국 나게 되어 있는 모양이었다.

"여보, 내가 왜 정아 낳은 뒤에 병원 다니면서 좀 더 알아보지 않았을까. 삼 년 터울로 쳐도 내가 서른하나밖에 안 되었는데. 요즘 애들로 치면 초산이잖아."

그게 시작이었나. 아내는 지난 일을 들춰내며 하나밖에 없는 자식이 눈 하나 깜작 않고 이민 가는 걸 보면 자기가 외롭게 살 팔자인가 보다, 라는 소리까지 하고 있었다. 결국은 외로움이었다. 남편이나 친동기도 채워 줄 수 없는 외로움이 따로 남아 있었다. 아무리 즐겁고 바쁘게 시간을 보내도 제 몸에서 내보낸 혈육이 남긴 빈자리는 남아 있었던 것이다.

신경성 위염에다 불면증으로 시작된 증상은 결국 정신과까지 찾게 만들었다. 나는 틀림없이 가벼운 우울증일 거라면서 주저하는 아내를 병

원으로 이끌었는데, 의사가 알아듣기 어려운 전
문용어 몇 마디를 보태기는 했지만 내 말이 틀린
것은 아니었다. 의사의 매조짐이 특히 그랬다.

"아시죠. 어떤 병이든 환자 본인이 반은 의사
라고."

그러나 아내는 자신이 의사가 되지는 못했다.
자신이 제일 잘 알고 나까지도 알고 있는 원인에
대해 처방을 내리지는 못했다. 달 목욕도 그만두
고 계모임도 빼먹기 시작했다.

"내가 어찌 그리 모진 애를 낳았을까. 고게 자
랄 때 보면 마음먹은 걸 제 고집대로 안 한 게 없
어."

아내는 딸을 원망하고 있었다. 나는 딸에게 네
엄마가 우울증을 앓고 있다고 솔직하게 전하면
서 잠시 다녀갔으면 좋겠다고 했지만 딸의 형편
은 그러지를 못했다. 아이는 정착이라는 말을 함
부로 써가며 당장은 시간 내기가 어렵다고 했다.
아내는 괜한 말을 해서 아이를 걱정시킨다고 나
를 가볍게 나무라고는 딸애와 자주 이야기를 나

누었다. 그리고 우리가 미국에 다녀오기로 결론
이 났다.

여행사에 서류를 제출한 며칠 뒤였다. 저녁
설거지를 마친 아내가 티브이 앞에 앉은 내게
말했다.

"여보, 여행사 일은 중단시켜요. 내가 의논할
게 있어요."

나는 리모컨을 찾아 누르면서 아내를 바라보
았다. 갑자기 비자 발급 받는 일을 중단하라니.
거기다 말의 순서도 어긋나 있었다. 미국 가는 일
을 다시 생각해 보자는 것 자체가 의논일 텐데 아
내는 여행사 일부터 중지한 다음에 또 할 말이 있
다는 것이었다. 나는 긴장하지 않을 수 없었다.
미국엘 가더라도 그 전까지 치료는 계속해야 한
다고 의사가 말했는데도 아내는 병원 가기를 중
단하고 있기도 했다.

"생각해 보니 모두가 내 마음 탓이야. 정아도
그냥 핑계고 당신이 내 마음을 채워주지 못해서
도 아니고. 그런 것과는 다른 뭔가를 내가 놓치고

있었던 거야. 남아도는 시간을 어찌 건강이나 챙기면서 살아야 해. 내가 다른 세계, 좀 더 단단하고 궁극적인 세계를 몰랐던 거야. 정아 떠나고 내가 얼마나 허약한 존재였는지 당신도 지켜보며 알았잖아.”

그쯤에서 나는 아내가 무슨 말을 하려고 하는지를 알아차렸다.

아내가 딸애 일에 충격을 받은 데다 마침내는 제 혈육, 분신까지 원망하기에 이르고 병원까지 가게 된 과정을 지켜보면서 내가 종교를 염두에 두어보지 않은 것은 아니었다. 나이 들어가면서 새로이 신앙생활을 하는 이들도 주위에서 심심찮게 보아온 데다 종교와 하나로 여겨지는 봉사활동에 열심인 이들도 알고 있었다. 아내 또한 범사한 일상 외에 무언가 보람 있는 활동을 더할 수도 있었다.

결국 아내의 말을 듣고 내가 쉬 수긍한 것도 한 걸음만 밖으로 옮겨보면 그런 세계 속에 사는 평범한 이웃들이 많이 있었기 때문이다. 계기가 된다면 얼마든지 건너갈 수 있는 길이었고 아내에게는 지금이 그때라는 판단도 섰던 것이다. 그 길로 가서 아내의 빈 마음이 채워진다면 다른 토를 달아 주저하게 하고 싶지는 않았다.

거기다 아내는 이미 자신이 나갈 교회까지 염두에 두고 있었다. 아내가 처음 꺼낸 말의 순서가 틀렸다는 것도 그런 연유에서였다. 아내는 마음을 정해놓고 내게 의논을 해왔던 것이다. 문제는 아내가 신앙을 갖겠다는 것과 딸애를 만나러 가는 일의 순서였다. 나는 기왕 시작한 일이니 다녀와서 당신 뜻대로 해도 되지 않겠느냐고 말했지만 아내는 아니었다. 딸을 보러 가는 것은 언제든지 할 수 있지만 자신이 하고자 하는 일은 지금이어야 한다는 것이었다. 절제된 아내의 답변이 나를 쉽게 물러서게 했는지 신앙으로 마음을 다스리겠다는 아내의 결심에 이미 동의를 하고 난 뒤라서 그랬는지 나는 내 주장을 거두었다.

"대신 나까지 주님의 양으로 만들지는 말기야."

나는 그렇게 마무리 지었다.

　내가 한 뒷말은 농담조이기는 해도 진심이었다. 혹시라도 아내가 자신의 갑작스런 선택에 대해 내게 지고 있을 수도 있는 짐을 덜어주고 싶었을 뿐더러 나로서도 아내의 선택을 심각하게 받아들이고 싶지는 않았기 때문이다. 아내의 신앙으로 끝낼 일이지 그 이상도 그 이하도 아닐 것이었다. 아무리 내가 신앙의 본질이나 교리에 대해 문외한이라 하더라도 개인의 자유의지가 우선일 터였다. 나는 처음부터 소박한 수준이라면 소박한 대로, 평범하다면 평범한 대로 종교를 대할 수밖에 없는 입장이었다. 그런 점은 아내조차 마찬가지였다.

　"그야 말해 뭐해. 누구에게도 교회 나간다는 소리 하지 않을 텐데. 당신도 가족들이나 친구들에게 이야기하지 마."

　그렇게 시작된 아내의 신앙생활이었다.

　"여보, 난 참 복이 많은 사람인가 봐. 전혀 모르

던 세계, 평화로우면서도 감사가 넘치는 세계를 만날 수 있었다는 게 얼마나 기쁜지 모르겠어. 아이들 유학 보내거나 이민 보내고 부부끼리 사는 이들이 숱하게 많아. 그저 우리가 사는 과정 가운데 일어나는 일인데 그걸 힘들어했다니 참 어리석었지."

믿음에 감사하는 만큼 아내는 교회에 열심이었다. 시일이 지나면서 일요일 낮 예배뿐 아니라 평일기도나 특별기도에도 참석을 했고 봉사활동에도 적극적이었다. 내가 운전을 해서 데려다 주는 일도 절로 중단될 수밖에 없었다. 그런 아내를 지켜보다 당신에게 그토록 몰두하는 면이 있었는지 몰랐다고 넌지시 걱정을 내비치자, 아내는 새로운 만남의 기쁨과 감사를 내가 무엇으로 표하겠어. 그저 내 몸을 아끼지 않는 수단밖에, 라고 답했다. 그리고 조금 더 시간이 지나자 이 거듭남의 즐거움을 당신도 체험하면 좋을 텐데, 라는 말을 하는 데까지 나아가고 있었다.

내가 시시콜콜히 지난 일을 헤아린 것은 그런

아내의 변화를 가볍게 받아들일 수 없는 데다 한두 번으로 끝나지 않을 아내의 권유를 뿌리칠 수 있는 이유를 나대로 다시금 확인해 두어야 했기 때문이다. 그동안 아내가 교회엘 같이 나가주었으면 하는 말을 꺼낼 때마다 나는 달아나기만 했었다. 주님의 양으로 만들지 않기로 한 처음 약속을 지켜야지, 주님도 우리 약속을 아시고 꾸중하실 걸. 그런 소리나 한 것은 아내의 바람을 심각한 문제로 드러내고 싶지 않아서였다. 나로서는 처음부터 그런 식으로 선을 그어두고 있었다고 해도 틀린 말은 아니었다.

그런데 아내는 자신의 믿음을 그냥 마음이나 다스리는 차원으로 끝낼 수 없다는 전제를 달면서, 전도가 신앙의 두 기둥 중의 하나라는 말까지 해가며 자기 뜻을 전하고 있었다.

"어떤 경우를 두고 무슨 얘기를 하더라도 우리가 노후를 건강하고 즐겁게 보내야 한다는 것은 틀림없는 사실이잖아. 당신이 교회 나가는 것도 그런 과정 속에 있다는 걸 당신도 알고 나도 안다

면 그 정도 선에서 끝내야 좋지 않을까. 종교는
본인이 원해서 갖게 되는 거잖아. 육십 년간 다른
세계에 살던 사람을 꼭 끌어갈 필요까지 있을까.
자기가 좀 다르게 생각해 줬으면 좋겠네.”

나는 목소리를 가다듬고 그렇게 말했다.

“당신 입장을 내가 이해하지 못하는 바는 아니
야. 그렇지만 아까 말했듯이 내 믿음을 계속해서
정아의 빈자리를 채우는 정도로만 여긴다면 신
앙을 너무 범속한 차원으로만 보는 거라고. 그런
것도 생각해 줘야지.”

“나더러 당신 신앙을 잘 이해하지 못한다고 그
러는데 내가 그럴 수밖에 없다는 건 당신이 더 잘
알잖아. 그걸 받아들이고 넘어가야지 지금 어떻
게 하겠다는 것은 서로를 불편하게 할 뿐이지.”

“당신은 미리 선을 그어놓고 내 말을 듣고 있
는 것 같아. 그리고 자꾸 노후 이야기를 하는데
남은 시간이 얼마인데 새로운 생활이나 만남을
아예 생각조차 하지 않으려고 해.”

“내가 미리 선을 그었다면 우리가 살아온 게

크게 잘못되지 않았기 때문이겠지. 그게 이제 나한테만 해당된다 할지라도 내 생각과 방식이 아주 틀리지 않았다면 그냥 둬도 되잖아.”

“잘못되지 않았다는 것하고 더 나은 세계를 찾는 것은 다르지 않겠어요. 자기는 다른 세계에 살던 사람을 억지로 끌어간다 하는데, 수십 년을 같이 사는 내가 하는 말이잖아요.”

아내는 좀처럼 물러날 기색을 보이지 않는 데다 차분함으로 따지면 나를 훨씬 앞서가고 있었다. 거기에다 내가 하는 말은 처음 아내의 교회출입을 두고 했던 대화나 생각에서 크게 벗어난 것도 아니었다. 나는 그런 점에도 신경이 쓰이면서 마음이 조급해져 갔다.

“당신은 당신의 믿음으로 무장했다고 볼 수도 있는데, 말로 따져 가면 내가 질 수도 있겠지. 그렇다고 해서 내가 당신 의사를 따를까? 그럴 수는 없을 것 같아. 나는 나대로, 당신이 보기에 고집이라 해도 내 생각을 내세울 수밖에 없을 거야.”

그쯤에서 끝나지 않고 나는 더 나가고 말았다.

"생각해 봐. 당신은 전도가 당신 신앙의 두 기둥 중의 하나라는 물러설 수 없는 전제를 내걸고 나섰으니 무슨 대화가 되겠어. 아프가니스탄 사건이며 전철 같은 데서 해대는 마구잡이 선교가 왜 아무렇지 않게 행해지는지 이제는 알겠군. 부부라서 서로 숙이고 따라야 할 것도 있지만 오히려 부부라서 서로 지켜줄 것은 지켜주었으면 해."

"당신 말을 두고 따지지는 않을게. 내가 내 기쁨에 쫓겨 서툴렀을 수도 있고."

내 표정이 굳어 있었는지 아내는 웃으며 이야기를 중단했다.

"이런 대화를 나누었다는 사실만으로도 나로선 행복해. 가족전도가 제일 어렵다고들 하니까, 나도 급하게 조르지 않을게. 하지만 당신을 위해 기도한다는 사실만은 알아둬."

아내가 뒤에 한 말은 참으로 내게 불편한 말이

었다. 그렇지만 그 문제로 무릎을 맞대고 몇 시간을 앉아 있다고 해서 끝장이 날 것은 아니었다. 나로서는 그냥 시간의 흐름에 맡겨둘 수밖에 없는 노릇이었다.

변화가 있었다면 아내가 교회에 머무는 시간이 더 늘어난 데 비해 나는 일 없이도 바깥에 나가는 일이 잦아졌고, 야구장이나 경마장을 찾는 친구들도 알게 되었다는 정도였다. 내가 정도라고 말하는 것은 그래도 시간이 서로 맞으면 아내와 손을 잡고 뒷산에도 오르고 교외로 나가 외식도 했기 때문이다. 처음 우리가 생각했던—점점 나 혼자만의 것이 되어가고 있었지만—노후의 시간에서는 많이 빗겨가고 있었지만, 주어진 형편 내에서 그런대로 지내고 있었던 것이다.

그렇지만 아내와 나 사이에 불거진 문제가 완전히 마무리된 것은 물론 아니었다. 나 자신이 그걸 모르고 있지도 않았다. 그 문제가 우리 인간이 육체를 가진 존재라는 사실을 통해서 왔다는 점만은 다소 놀라웠다.

우리는 살아오면서 특별히 성생활에 대해 깊이 생각하거나 불편해하지 않았다. 나이가 들어가면서 멀어지는 게 이상스럽지도 않았다. 그날은 술을 몇 잔 맛나게 마신 데다 채널을 이리저리 돌리다 마주친 영화장면에 자극을 받았는지 모처럼 내 몸에 불이 당겨졌다. 아내는 내키지 않는다는 기색을 보였지만 나는 더 애달아했다. 내 손에 잡혀 침실까지 온 아내의 굳어 있는 몸을 깨우기 위해 나는 애를 썼다. 그린데 아내가 나를 밀쳐내더니 옷을 여미고 앉으며 기어이 다음 말까지 하고 말았다.

"여보, 미안해. 몸보다 마음이 말을 안 들어. 당신과 영혼이 하나 되지 않는데 어찌 내 몸이 열리겠어."

내가 먼저 거실로 나오고 아내는 작은방으로 들어갔다. 벽에 십자가 하나만 걸어놓고 아내가 자주 머무는 방이었다.

이번에는 아내가 딸에게 먼저 전화를 한 모양이었다. 아내는 그 일이 있은 며칠 뒤 웃으면서,

왜 자기를 쑥스럽게 몰아갔느냐고 나를 가볍게 나무랐지만 짝믿음에 대한 자신의 고민만은 딸에게 털어놓고 있었던 것이다. 딸은 내게 짜증을 부렸다.

"그냥 생활이야. 같이 가서 엄마 옆에 앉아 있어줘. 교회까지 데려다 준다면서 그게 뭐 어려워? 엄마 또 병나면 아빠가 어쩔 거야."

나는 제대로 설명하지 못했다. 옆에 앉아 이야기를 나눈다 해도 속속들이 다 말할 수 없을 것이었다. 네 엄마의 신앙만으로 끝날 수도 있잖아, 라는 말이 내가 할 수 있는 최선이었는데 그 말은 이미 접혀져 있었다. 딸아이는 이 문제가 아내와 나, 둘 사이에서만 해결할 수 있다는 사실을 다시 확인시켜 주고 있었다. 그러므로 나는 누구에게 의논하지도 못한 채 혼자 속앓이를 할 수밖에 없었다.

어째서 아내의 믿음이 침실까지 간섭하고 결정하게 되었는지 나는 가슴이 답답할 지경이었다. 더구나 언젠가 한번 있었던 잠자리 일까지 떠올랐는데 그때와는 성격이 다르기에 화도 나고 심각해지지 않을 수 없었다. 40대 중반이었던가 아내가 큰 액수는 아니지만 돈을 빌려주고는 받지 못해 고민했던 적이 있었다. 뒤늦게 그 사실을 알게 된 내가 앞으로는 생활비만 주겠다고 나섰다. 직장 사람들과 친지 중에 재산관리를 안사람에게 맡기지 않는 경우만 떠올리고 서둘렀던 탓인지, 아내가 며칠간 말도 건네지 않고 딴 방까지 썼던 것이다. 그때와는 정말 다른 경우였다.

나는 술도 자주 마시고 혼자 산에도 가면서 고민했다. 아내가 언젠가는 또 꺼낼 문제라는 것, 그리고 내가 계속 비켜가거나 단호하게 내 태도만을 밝힐 일은 아니라는 생각까지는 할 수 있었다. 그래서 먼저 이야기를 꺼냈다.

"우리가 같이 보내는 시간이 많이 줄어든 것 같지. 서로 바쁘게 보내는 거야 좋지만 좀 섭섭하기도 해. 어느 쪽 탓이라기보다 한 사람이 집을 비우면 다른 쪽도 자연 그렇게 되는가 봐. 나도 자꾸 나가 돌면서 술만 마시고…… 우리 둘 다

집에 있는 시간을 늘려보자. 자기도 교회 일에 너무 열심이다 보니 건강도 걱정되고."

"맞아요. 같이 있는 시간이 많이 줄었지. 내가 당신한테 소홀한 것 같아 미안해요."

"혼자 밥 챙겨먹고 하는 거야 불편한 것도 아니지. 그보다 우리가 생각했던 노후생활에서 너무 멀리 온 것 같아 그게 걱정이야."

"자기는 언제나 그 테두리에서 못 벗어나지."

아내는 웃으면서 고개를 끄덕였다.

"여보, 우리 정아한테 가자. 애가 들어오기는 쉽지 않을 것 같으니 우리가 한번 다녀오자. 벌써 2년이 다 돼 가잖아. 사실 나도 좀 지치고, 정아가 보고 싶어."

그것은 솔직한 내 심정이었다. 아내가 비운 시간만큼 내 외로움은 커져갔고 퇴직 후에 한 번쯤은 몰려오기 마련이라는 공허감에도 빠져 있었다. 내색만 않았을 뿐이지 자식에 대한 그리움이 마음에서 사라질 리도 없었다. 그리고 무엇보다 달라진 환경에서 우리를 돌아 보고도 싶었다.

"그럽시다. 나도 정아가 보고 싶어."

아내는 쉽게 동의했다.

"저번에 다녀온 사돈댁 말로는 걱정할 거 하나 없이 잘 지낸다 하지만 그래도 가봐야지. 정아가 바쁘니 어쩌니 하면서 자꾸 애 가지는 걸 늦추고만 있으니 그것도 보통 걱정이 아니야. 내 운전교습도 끝나가니 날짜 잡는 것도 어려움이 없겠네."

아내는 한꺼번에 여러 이야기를 섞어 하면서 떠날 날짜까지 헤아렸다. 그러고는 나를 똑바로 바라보았다.

"여보, 정아네 가기 전에 교회에 한번 나가지 않을래요."

내가 고개를 끄덕였는지는 모르겠다. 적어도 크게 놀라지 않았던 것만큼은 확실했다. 한사코 짝믿음을 지우려는 아내의 태도가 언짢기는 했지만 그걸 대놓고 따지고 싶지는 않았다. 아내에게 말했듯이 나는 외로움에 지쳐가고도 있었다. 눈을 돌려 바다를 보았다. 분위기도 바꾸어 볼 겸

찾은 호텔 커피숍 앞으로는 가을햇빛에 푸르른 바다가 빛나고 있었지만 가슴은 트여오지 않았다. 어쨌거나 딸애에게 가기로 한 이 지점에서 결정적으로 틈이 갈 말을 해서는 안 될 것이었다.

"천천히 생각해 보는 걸로, 오늘은 이 정도로 하자."

지난번과 다른 여행사를 찾아 비자신청을 했던 주일에 아내는 면허증을 교부받았다. 교회에 머무는 시간이 많아지면서 아내가 운전을 배워야 한다는 것은 이미 정해진 일이었다. 집의 차가 10년이나 된 중형인 데다 나도 탈 일이 있으니까 경차를 새로 구입하는 것도 미리 생각해두고 있었다.

교회를 오가는 길만 고집스레 연수코스로 삼더니, 아내가 처음으로 나를 옆에 태운 날이었다.

"초보운전 하는 거 지켜보다 부부싸움 한다며. 당신은 안전벨트 꼭 매고 눈도 감고 있어."

너무 오른쪽으로 붙었어. 차선을 급하게 바꾸면 안 된다니까, 선을 물고 들어가야지. 어쩔 수 없이 몇 마디 하는 동안 아내는 교회 주차장에 차를 세웠다. 시간을 넉넉하게 잡고 출발해서인지 주차도 수월하게 했다.

"잘하네. 차선 바꾸는 거랑 주차할 때만 우선 신경 쓰면 돼. 차차 익숙해져."

나는 그렇게 격려했다. 아내는 신경을 써서인지 그대로 한참 앉아 있었다. 내가 먼저 내리려고 손잡이를 잡는데 아내가 내 왼손을 꼭 붙잡았다.

"오늘 가요. 진심으로 내가 바라는 바야."

나는 손잡이를 놓고 반듯하게 앉았다.

"저 계단만 오르면 되는데, 뭘 그렇게 재고 망설여. 처음엔 어색해도 절로 익숙해져."

거리는 다소 떨어져 있었지만 주차장 왼편으로 교회건물이 있었고 계단은 물론 계단을 타원형으로 둘러싼 통로도 보였다. 처음 한동안 아내를 데려다 주면서 보아온 모습이었다.

"자기 예배 보는 동안 살짝 올라가 보기도 했

어. 예배시간이며 행사가 많다 싶어 자기가 자주 집 비우는 것도 이해하고 용서까지 하고 있잖아."

"농담으로 비켜 가지 마요. 내가 진정인데 왜 그렇게 받아주기 어려워요. 시작만 하고 우리 미국 가자. 내가 차 안에서 이렇게까지 말하는 건 신앙은 그 시작이 계획해서가 아니라 결단으로 해야 하기 때문이야."

시동을 끄지 않아 계기판의 시계는 아직도 예배시간이 상당히 남아 있음을 보여주었다. 운전이 서툴러 시간을 넉넉하게 잡은 것도 있겠지만 아내는 나를 이끌 시간까지 쟀는지도 모른다.

"여보, 당신 말도 맞겠지. 그렇지만 나로서는 시간이 걸리지 않겠어. 이해해 줘. 오늘은 당신이 처음 운전한 날로만 기억하자."

이번에는 내가 아내의 손을 힘주어 잡았다.

나는 교회 밖으로 멀리 나가지 않고 주위를 서성이며 아내를 기다렸다. 바닷가 찻집에서 했던 말을 아내는 새겨두고 있었을 테고 나 역시 그 생

각을 아주 허수로이 할 마음은 없었다. 천천히라
는 수식어는 하는 쪽과 듣는 쪽에 따라 해석이 다
를 수 있을 것이었다. 그 차이가 신앙의 문제이기
에 심연처럼 깊을 수는 있겠지만 우리는 부부였
다. 나는 여전히 어느 한쪽이 이기거나 지지 않고
해결점을 찾았으면 하는 기대를 버리지 못하고
있었다. 물론 그런 생각의 밑바닥에는 눈앞의 변
화는 인정하면서도 지금껏 내 식대로 살아왔다
는 고집이 완강하게 버티고 있었다. 그것이 아내
의 믿음을 여전히 내 식대로 잘못 받아들이고 있
다는 증거가 될지라도 아내의 권유를 쉽게 받아
들일 수는 없다는 내 심지만큼은 나 자신도 어쩔
수 없는 것이었다.

　나는 아내의 밤 운전에도 몇 번 동행했다.
　딸아이에게 갈 날짜는 다가오는데 아내는 그
다지 즐거운 표정이 아니었다. 마음을 다른 곳에
두고 있는지 여행 이야기는 꺼내지도 않았다. 그
날은 축제일이라 정체가 아주 심했다. 아내의 그

런 심사에 신경이 쓰이는 데다 서로 입을 닫은 채 차 안에 갇혀 있는 것도 답답했다.

"요즘 당신 안색이 안 좋아 보여. 다른 일은 아닐 테고, 나 때문인가 해서 걱정이 돼."

"그렇게 보여요?"

아내는 그렇게 말해 놓고는 잠시 침묵했다. 오디오를 켜놓지 않은 차 안은 딱딱하고 건조했다.

"당신이 내 고민을 헤아리고는 있으니까 그나마 다행이네요."

아내는 앞 차와의 간격이며 끼어드는 차들에 신경이 쓰이는지 내 얼굴을 바라보지 않았다. 흘러다니는 불빛으로 바라본 아내의 얼굴이 굳어 있는 데다 조금은 쓸쓸하게 보였던 것은 막연한 내 느낌일 뿐이었을까.

미 대사관 인터뷰를 하러 가기 전날 밤에 아내는 죽었다. 터널을 빠져나오면 고가도로로 오르는 차선과 두 개의 갈림길이 나오는데, 그 거리는 200미터 정도에 불과했지만 내리막길이었다.

아내는 고가도로 바로 옆의 도로로 빠져야 하는
데 그러질 못했다. 아내도 언제나 거기가 헷갈린
다고, 조심해야 된다고 말하던 곳이었다. 담당경
찰관과 보험회사 직원은 운전 미숙에다 과속이
원인이었다고 했다. 고가도로 입구의 완충블록
만 받았더라면 목숨만은 건졌을 거라는 말까지
도 똑같았다.

　다음 날 아침 첫차를 타야 한다는 것 때문에 늦
은 귀가를 서둘렀던 걸까. 마음에 걸리는 것은 아
내가 그 순간에도 내 신앙 문제를 골똘히 생각하
다 급하게 차선을 바꾸었을지도 모른다는 점이
었다. 그렇지만 막상 아내의 죽음 앞에 서자 우리
둘을 불편하게 했던 문제보다는 하찮은 일상의
기억들만이 떠올랐다. 세수하고 젖은 수건을 세
탁물 바구니에 담으면 질색을 하며 덮개 위에 널
어 말리던 모습, 언제나 십만 원씩 담은 봉투를
하나씩 헐어 쓰던 모습, 그리고 밤에 운전할 때
반사된 불빛으로 흐릿하던 차선 색깔, 그런 것들
이 떠올랐다. 나름대로 단단하게 쌓았다고 믿는

삶의 제방을 언제든 무너뜨릴 수도 있는 크고 작
은 빈틈을 눈여겨보지 않고, 그간 살아오며 체득
한 지혜와 습관대로 살 수 있으리라고 생각한 나
는 어리석은 사람이었다. 어쩌면 아내조차, 그렇
게 서두르며 맞이한 믿음의 세계에 자신을 무방
비로 노출시켰던 것은 아닐까.

생전에 미리 의논할 기회는 없었지만 나는 기
독교식으로 장례를 치렀다. 아내가 원할 바라고
생각해서였다. 딸아이가 서둘러 왔지만 어쩔 수
없이 장례가 끝난 뒤였다. 어젯밤에 딸은 내 손을
붙들고 또 오래 울었다.

딸을 공항까지 데려다 주고서 나는 아내의 무
덤을 찾았다. 딸애가 다시 미국으로 떠났다는 게
하나의 매듭으로 보였다. 떼가 자라지 못한 무덤
은 겨울 햇살이 가득해도 쓸쓸하기만 했다. 하늘
이 너무 시리도록 푸르러 눈물이 났다. 몇 번이나
이제 일어나자고 하면서도 나는 아내 곁을 떠나
지 못하고 있었다. 물기가 마른 눈가를 비비는데
다시 눈물이 솟았다.

묘역 사이로 난 비탈길을 내려오다 멈추어 서
서 다시 한 번 아내를 돌아보았다. 나는 아내를
찾고 싶었다. 아내가 자신의 믿음을 그렇게 서둘
렀다는 것이 다시금 내 마음을 찢어지게 했다. 어
차피 인생의 뒷자락에 닥친 일이라면, 게으름을
잔뜩 부리고 아내의 약도 올려가면서 천천히 아
내를 따라 같이 늙어갈 수도 있지 않았을까. 그게
산 사람의 사치스런 후회일지라도 그런 회한에
발걸음이 떨어지지 않았다.
　원망은 이제 내게로만 돌아와 자라게 되어 있
는 모양이었다.

테하차피의 달

1

〈5N─14N─58W─샌드캐넌 ex─R─L─우체
통─비포장─한글 안내판〉 호영은 지금 14번 노
스(north)를 타고 있다. 운전대 옆에 놓인 쪽지에
는 그가 찾아가고 있는 길이 적혀 있었다. 초행이
라면 여기 사람들은 모두들 이런 식으로 길을 찾
는데 아예 두툼한 지도책을 갖고 다니기도 했다.
프리웨이의 어느 방향으로 가서 어느 출구에서
내리느냐는 물론, 정지신호에서 좌회전이냐 우
회전이냐에도 신경을 곤두세워야 한다. 하나라
도 어긋나면 거기가 거기 같은 길을 한참이나 헤

매야 했다. 그냥 엘에이라고 편하게들 부르지만 몇십 개나 된다는 자그마한 도시들이 한국의 경기도 면적만큼에 퍼져 있었다. 이곳에서 살려면 우선 길 찾는 데 이골이 나야 했다. 한인타운을 처음 벗어나 끊임없이 다음에 나타날 도로를 알려주는 안내판이 어지러운 프리웨이를 타 보고서야 참 지랄 같은 데에 왔다는 걸 그는 알았다. 그러나 욕은 하면서도 어쨌거나 맞추어서 살아야 했다. 서울에서 비행기를 탈 때부터 그랬시만 긴장과 피곤함이 가실 줄을 몰랐다.

지금도 호영은 조금씩 다급해지고 있었다. 14번은 한가한 길인데도 단속이 무서워 속력을 높이지 못하는 데다 시계는 벌써 7시였다. 넉넉잡아 두 시간 반 정도 걸린다는 말을 듣기는 했지만 아무래도 늦게 나선 게 문제였다. 누나에게서 전화를 받은 바로 그날, 오늘 오후부터 일요일까지 쉬겠다고 말해 두었는데도 사장은 성질부터 내더니 결국은 5시가 넘어서 그를 풀어주었다. 일손이 아쉬우면 돈이나 제대로 줄 일이지, 남의 약점 붙잡고는 아예 거저 먹으려고 덤비는 자였다. 호영은 이곳에서 〈카펫 샴푸〉라고 부르는 카펫 세탁공장에서 일하고 있었다. 무게도 무게지만 몇 년씩 묵은 악취와 먼지가 고약했다. 약품 냄새도 견디기 힘들었다. 그의 손은 사흘들이 껍질이 벗겨져 나갔다. 거기다 스팀 처리도 해야 하므로 실내온도는 언제나 사우나탕 수준이었다. 언제까지일지는 모르지만 당분간 그가 일할 수 있는 곳은 그런 데뿐이었다.

투덜대던 사장 말대로 시내에도 한국 사찰은 있었다. 하지만 작업장에 늘 켜두고 있는 라디오에서 지금 가고 있는 절 이름을 처음 들었을 때 이상스런 예감이 그를 끌어당겼다. 내가 저곳에 한번 가보게 되지 않을까? 그저께 아침 일찍, 누나의 전화를 받았을 때 호영은 그 절 이름이 떠올랐다. 어머니가 가까운 동네 절을 두고도 꼬박 한나절 이상이나 걸리는 곳엘 다녔다는 기억도 났다. 영험이 아니더라도 무언가 끌어당기는 데가 있다고는 믿어야 했다. 지금 찾아가고 있는 절이 어머니나 자기에게 꼭 그런 곳일 거라고 그는 애써 고집 부리고 있었다.

그는 속도계의 눈금을 확인하고 또 확인했다. 진작부터 발이 푹 빠지도록 액셀을 깊이 밟고 싶어 안달이 났지만, 어쨌든 순찰차를 만나지 않고 아무 일 없이 깨끗한 마음으로 절에 도착해야 했다. 그것이 오늘은 물론이고 여기 와서 그가 할 수 있는 최선이었다. 차는 방금 랭카스터라는 도시를 지났다. 뜨거운 햇빛에 수저앉은 듯한 낮은 건물들이 펼쳐져 있을 뿐이었다. 주위는 이제 확연한 사막이었다. 도로 옆으로 심심해빠진 철길이 놓여 있고, 며칠 잠깐 내린다는 겨울비나 기다리며 일 년 내내 땡볕 아래 버티는 거친 풀들만이 듬성듬성 나 있을 뿐 그냥 끝없이 텅 빈 땅이었다. 말라터진 모래흙만이 해 기운이 조금 남은 하늘로 뻗어 있었고, 가끔 흙덩이를 아무렇게나 쌓아올린 듯한 민둥산들이 띄엄띄엄 나타났다.

교차로에 다다르자 모하비라는 안내판과 58번이 보였다. 말로만 듣던 모하비 사막이 마을 이름으로 나타난 것이다. 주유소와 패스트푸드점 몇 개만이 삼거리에 흩어져 있었다. 저녁 공양은 이미 끝났을 테니 여기가 마지막 요기할 곳이었다. 그는 처음 보이는 햄버거 가게로 차를 넣었다. 그러나 우회전을 하자마자 브레이크부터 바쁘게 밟아야 했다. 좁은 주차장은 만원이었다. 삼거리를 지나 오른편으로 또 다른 햄버거 집이 보였지만 사정은 마찬가지였다. 차를 길가에 세운다 하더라도 치즈와 고기 한 조각 얹은 빵을 손에 쥐는데는 몇십 분이 걸릴 것이었다. 절에 가면 무슨 수라도 생기겠지, 배고픈 중생을 부처님이 그냥 둘까. 58번 도로를 타면서 그의 눈은 더 바빠졌다. 어둠 속에 제 몸을 허무는 주위 풍광과 산 능선 위에 한 줄로 늘어선 거대한 바람개비, 풍력 발전장치도 보아야 했으며 무엇보다 샌드캐년 로드로 빠지는 안내판을 놓쳐서는 큰일이었다.

제법 오르막이다 싶은 길을 올라 두세 번 정도 구비를 돈 뒤에야 빠져야 할 입구가 눈에 들어왔다. 그는 우회전, 좌회전이라고 소리까지 내면서

핸들을 꺾었다. 그리고 우체통이 한꺼번에 모여 있다는 곳을 확인해야 했다. 그리고 비포장. 제대로 찾았다. 10여 개의 우체통들이 헤드라이트에 잡혔다. 불빛도 드문드문 흩어져 있었다. 테하차피. 어둠에 묻힌 불빛들을 보는 순간 그렇게도 외워지지 않던 지명이 입에서 절로 흘러나왔다. 그는 흙길 위에 차를 얹었다. 타이어가 받는 부드러운 탄력을 그는 기분 좋게 느꼈다. 미국 와서 처음으로 흙을 밟는 기분이었나. 사동차 불빛 하나가 그를 쫓아온 건 그때였다. 아, 절에 가는 사람인가. 그는 속도를 늦추고 뒤차를 앞으로 보냈다. 그 순간 엄청난 먼지가 헤드라이트 불빛을 가리면서 열어놓은 문으로 쏟아져 들어왔다. "저 새끼가!" 기름도 아끼고 길도 살필 겸해서 그는 에어컨도 끄고 문을 열어 놓았던 것이다. 미니트럭은 꽁무니에 먼지구름을 만들면서 저만큼 달아나 버렸다. 그는 창밖으로 침을 두세 번 내뱉었다. 부처님 뵈러 가는 놈이 저런 심보로 갈 리는 없었다. 수상쩍은 곳에 드나드는 유색인종들을

꼴 보기 싫어하는 동네 망나니일 것이다. 제발 화
내지 말고 그냥 천천히 가자. 가까스로 손바닥만
한 크기의 두 군데 한글 표지판을 찾고서야 그는
불쾌함과 더불어 길 찾기에 대한 불안감을 완전
히 지울 수 있었다. 먼지를 끼얹고 간 차는 어디
로 기어들었는지 보이지 않았다. 이런 골짜기에
사는 미국놈이라면 바닥인생이겠지. 그는 마음
대로 생각했다.

어둠이 하늘과 땅을 덮었지만 그래도 호영은
자신이 산속으로 접어들고 있다는 것만은 알았
다. 그리고 잠시 뒤 불빛 앞으로 참으로 오랜만에
보는 건물이 다가오는 걸 보고서 호영은 잠시 감
격하지 않을 수 없었다. 큰 한옥, 우선 그런 생각
이 드는 건물 한 채가 조금 불안정하게 모습을 드
러냈다. 불빛은 집 안이고 밖이고 어디에서도 새
어나오지 않았다. 오직 자신의 숨소리와 길을 비
추는 자동차 불빛뿐이었다. 그렇지만 길이 다한
제법 넓은 공터에는 차들이 세워져 있었다. 헤드
라이트를 끄고 차에서 내리자 전혀 낯선 어둠과

공기가 그를 부드럽게 감쌌다. 하늘은 높았지만 달은 보이지 않았다.

절은 아직 공사 중인지 주차장과 건물 사이에는 통나무 두 짝이 다리 역할을 하고 있었다. 그는 유격 훈련하는 군인처럼 조심스레 다리를 건넜다. 그리고 시멘트 계단을 올라 문 앞에 섰다. 다른 문이 또 있는지 이게 출입문은 맞는지, 호영은 잠시 망설이다 문을 열었다. 낮은 촉수의 불빛 아래 식탁과 냉장고, 쌓여 있는 생수통과 쌀 포대가 보였다. 여기가 법당일까. 그는 잠시 정지된 다른 물상들처럼 그렇게 서 있었다. 사람들은 어디 있는가. 그는 또 다른 문을 찾아야 했다. 그는 맞은편 창 쪽으로 갔다. 밖은 그냥 깜깜했다. 실내에 들어선 뒤에야 바깥의 어둠을 실감할 수 있었다. 문이 보였다. 저 문 안에는 누군가 있고, 무슨 일이 있으리라. 그는 다음 일에 대해서는 아무 준비도 없이 문을 밀었다. 적막과 흐릿한 어둠에 묻혀 속 빈 포대 같은 사람들 형상이 자리하고 있었다. 호영은 저거다 싶었다. 나도 저들처럼 저

모양이 되어 어머니에게 빌어야 한다. 어머니의
극락왕생을 빌어야 한다.

2

　문은 언제나 열렸다. 토막잠이든 깊은 잠이든
그는 언제나 문 열리는 소리를 듣고 있었다. 그때
마다 매번 아내도 딸도 아닌 아들이 들어서곤 했
다. 한동안 그는 문을 잠그지 않았다. 문 앞까지
와서는 초인종 누르는 걸 망설이다 끝내 돌아서
버리는 아들의 모습이 그려졌기 때문이다. 그냥
가만히 밀기만 하면 문은 소리도 없이 열리고 그
러면 아들은 안심하고 어제도 열었고 그제도 열
었던 문을 밀고 들어와 조용히 제 방으로 올라갈
것이었다.
　문이 열리기 전부터 남시우는 문이 열리리라
는 걸 알고 있었다. 그리고 문이 열렸다. 그는 감
겨오는 눈을 크게 뜨고는 가물거리는 의식을 꼬

84

집으며 그쪽을 바라보았다. 법당으로 들어오는 문이 열리고 누군가 서 있었다. 문을 열고 들어선 아들은 언제나 빛에 싸여 있었다. 처음 한동안 아들은 가만히 손을 저으면 부서져 내릴 것같이 얇고도 미세한 저녁 해가 쏟아지는 역광에 싸여 있었지만, 문이 열릴 때마다 점차 탁하고도 두터워지면서 장막같이 드리운 그 빛의 하나가 되어 흐리고 작은 모습이 되었다. 너비도 두께도 알 수 없는 그 장막을 손톱 밑은 물론 얼 손가락 전부가 피멍이 들도록 휘저어 뜯어내고 나면, 아들은 온몸을 하얀 붕대로 칭칭 감은 채 초점을 모으지 못하는 풀어진 눈으로 문고리를 잡고 멍하니 서 있었다. 그러나 더 미칠 일은 아들 이름을 부르며 달려갈 때마다 아버지라고 한 번 부르는 일도 없이 아들은 손만 내민 채 어둠 속 어디론가 빨려 들어가 버리는 것이었다. 그리고 그때쯤 그의 손이 붙잡고 있는 것은 땀에 젖은 자신의 가슴팍이거나 다리, 아니면 머리였다. 아들은 언제나 몸과 마음을 다친 그런 모습으로만 나타났다. 그토록 소망했던 명문대학 세 곳의 입학 허가서를 흔들며 뛰어드는 일은 단 한 번도 없었다. 남시우는 머리를 흔들었다.

그는 불상의 왼편, 부엌방을 향해 앉아 있었다. 그 혼자만이 문 앞에 붙어선 사람을 보기라도 한 듯 실내에는 어떤 미동도 일어나지 않았다. 그는 자신이 해야 할 일이라는 듯 새로 들어선 사람을 향해 자리를 잡고 앉으라는 시늉을 턱짓으로 했다. 용케도 자신의 움직임을 보았는지 아니면 어둠에 익숙해졌는지 새로운 객은 자기 바로 옆의 빈 방석을 찾아 앉았다. 바깥에서 묻혀온 후터분한 공기 이상의 숨 가쁨과 허덕댐이 끼쳐왔다. 토요일 오후 늦게까지 일하고 서둘러 나선 걸음이 겠지. 하늘을 들었다 놓았다 해야 할 선방(禪房)에 턱 밑까지 숨이 차도록 허덕대는 사람들만 찾아들다니.

그는 마음을 미리 먹은 터라 일찌감치 출발했다. 수시로 흩어지는 집중력 때문에 장거리 운전은 신경이 쓰였다. 저수지가 내려다보이는 주차

공간에서 한동안 쉬고 난 다음에는 팜데일로 들어가 점심을 먹었다. 프리웨이에서는 비상상태가 아니고서는 갓길에 차를 세울 수 없었다. 그에게 남은 건 무덤 속 같은 시간뿐이었다. 얼마 되지 않는 돈이지만 그걸 까먹고 쉬는 일뿐이었다. 그리고 아들을 기다리는 일, 죽지 않고 숨을 잇고 있음은 아들에 대한 기다림 때문이었다. 저 젊은이는 어둠길을 나서게 한 누군가가 밉든지 먹고사는 일에 허덕여야 하는 자신에게 화가 나겠지. 죽을병이 들기 전에는, 그리고 기다림 때문에 죽지 않고 살아야 하는 사람이 있다는 걸 안다면 그 허든거림이 얼마나 다행인지를 알 텐데. 누구도 제 자리에서 자신의 현재 위치를 헤아릴 수는 없는 것이다.

남시우는 눈을 질근 감고 맞댄 엄지손가락 끝에 힘을 주었다. 그는 어깨가 떡 벌어졌음에도 앉은 모습이 형편없이 옹졸해 보이는 옆 사람에 대한 관심을 거두었다. 문이 열리고 사람이 하나 더 늘어도 법당 안은 그대로였다. 소리도 움직임도 없었다. 남시우는 다시 바닥으로 눈을 내리깐 채 나뭇결을 붙잡았다. 부처 만나러 온 것도 절 보러 온 것도 아니었다. 무념무상으로 이놈의 대청마루나 뚫어지게 쏘아보러 온 것이었다. 그는 근년 들어 어디에도 집중할 수가 없었다. 조금 전 일도 깜빡깜빡하기 일쑤였다. 송곳으로 찌르는 듯한 두통은 주기도 없이 잦아졌으며 잘 때는 물론이고 가만히 앉아 있는 한낮에도 땀이 옷을 적셨다. 단골로 가는 내과를 거쳐 한의원을, 다음에는 한인 병원으로서는 제일 크다는 종합병원을 찾았지만 시원한 말을 들을 수는 없었다. 처음에는 아들 문제 때문일 거라고 생각했지만 신경쇠약 증세와는 확실히 달랐다. 그때서야 그는 남가주 대학병원에서 종합 검사를 받았다. 알 수 없는 원인에 의해 점진적으로 뇌 손상과 임파선 파괴, 그리고 하반신 마비가 오고 있다는 진단이었다. 그는 자신의 월남참전 경력에다 고엽제 얘기를 미리 말해두었지만 의사는 그가 한 번도 들어보지 못한 도시에 있다는 육군병원을 들먹일 뿐이었다.

남시우는 또다시 끓어대는 가래와 가빠지는 숨소리가 다른 이들의 귀를 울릴까봐 힘들게 날숨과 들숨을 조절하느라 애를 먹고 있었다. 새로 앉은 사람 쪽에서는 꼴깍 하고 침 넘어가는 소리가 자주 들려왔다. 혀를 입천장에 대고 입을 가볍게 다물어야 한다지만 자신의 호흡은 여전히 불규칙했다. 하기야 결가부좌를 제대로 틀고 앉지 못한들, 코와 배꼽이 일직선이 안 되든, 눈을 감든 뜨든 그게 다 무슨 소용인가. 법당 바닥만 내려 보다 자기가 앉아 있는 곳이 똬리 튼 독사 바다 위인 줄 알고 비명이라도 지르는 게 차라리 나을 것이었다. 혹시 안광이 나무판대기를 박살내기라도 한다면, 두통이 한순간에 녹아들지는 않을까. 하지만 벌써부터 그는 생머리가 패여옴을 느끼고 있었다. 바늘이다가 끌이 되고 나중에는 도끼로 머리를 쪼개는 듯한 두통. 안 돼, 차라리 지옥 같은 참호가 낫다. 거기서 의식을 완전히 놓아버릴 수만 있다면. 운 없이 깨어난다 해도, 살

점과 뼈 속에 쇠 조각 몇 개가 박히고 다리 하나를 잃는다 해도 지금보다는 나으리라. 그는 견딜 수 없는 두통에 쫓겨 맹렬하게 전쟁터로, 그 비 내리는 어둠의 정글로 기어들고 있었다.

중대장이 새로 지시한 위치에 급하게 호를 파고 들어앉았지만 몇 시간째 퍼붓고 있는 비 때문에 참호는 아무리 파도 몸을 웅크린 그 높이밖에 되지 않았다. 좌표 확인이 마음에 걸렸지만 그 의심을 털어낼 수 있는 시간은 없었다. 보이는 건 이제 아무것도 없었다. 총소리만이 정면과 후면을 겨우 확인시켜주는 상황에서 아군 포가 떨어질 시간은 급하게 다가오고 있었다. 소대 간격을 좁힐 시간도 없이 중대는 고립되었고 시간을 끌수록 전멸의 확률도 높아만 갔다. 중대장은 십자화(十字花)를 요청해 놓고 있었다. 더구나 그가 이끄는 소대는 중대의 가장 정면에 빠져나와 있었다. 중대가 반경 3킬로 거리에 지그재그로 펴져 있었기에 무턱대고 뒤로 물러났다가는 우군의 사격을 받을 수도 있었다.

"대가리 내밀지 말고 그냥 갈겨!" 그의 목소리는 빗소리에 이내 묻히고 말았지만 그런 고함이라도 질러 부하들은 물론 자기 마음도 잠시 편하게 하고 싶었다. 백병전 없이 그냥 포로써 모든 게 끝나주길 그는 간절히 기도했다. 갓 부임한 소대장과 작전 나가는 걸 병사들이 가장 두려워한다는 사실을 그도 잘 알고 있었다. 사관학교 나왔다는 자부심은 물론, 명령불복종에 대한 즉결 처분권까지도 그린 불신을 없애주지는 못했다. 그는 어쨌든 이 첫 번째 작전에서 자신의 안전은 물론 부하들도 잘 지키고 싶었다. 지척을 분간할 수 없는 어둠 속이지만 분명 코앞으로 다가오고 있는 적의 술렁임을 읽고 있을 무렵 포탄이 터지기 시작했다. 포탄은 그의 소대원들이 머리를 처박고 있는 참호 바로 앞에서 그리고 바로 뒤꽁무니에서도 떨어졌다. 섬광 속에 물기둥과 나무 둥치들이 하늘로 튀어 올랐다. 그는 포탄이 머문 아주 짧은 틈을 타 소리쳤다. "옆으로! 옆으로!" 하지만 그의 명령은 불필요했다. 부하들은 벌써부터 제각기 어디론가 기고 있었다. 그가 활처럼 허리를 굽힌 통신병의 어깨를 내리치며 "나가자!"라고 말했을 때 포 한방이 고개를 돌려 물러날 곳을 찾고 있는 바로 그의 눈앞에서 작렬했다. 그는 머리를 물구덩이 속으로 처박았다. 나무 등걸인지 돌덩이인지 묵직한 그 무엇이 몸을 덮어오는 걸 느끼면서 그는 의식을 잃었다.

"딱! 딱!" 천지를 울리는 소리에 남시우는 후딱 고개를 들었다. 길고도 깊은 잠에서 깨어난 기분이었다. 벌써 두 번째였다. 이번에도 그는 깨어 있는 상태에서 죽비 소리를 듣지 못했다. 주승이 먼저 일어나고 나머지 불자들도 몸을 일으켰다. 늦게 온 젊은이도 남의 눈치를 보면서 몸을 일으켰지만 남시우는 금방 일어나지 못했다. 두통이 사라지자 허벅지 아래로 그놈의 마비현상이 왔다. 그는 눈가를 타고 흐르는 땀을 손으로 훔쳐내고는 겨우 뻗은 다리를 주물렀다.

이제 한 번 남았다. 죽비가 울렸을 때 그 생각부터 들었다. 고작 30분 동안이지만 꼼짝없이 방석에 엉덩이를 붙이고 앉아 있는 짓도 못할 노릇이려니와 달려드는 갈증을 참지 못해 민성태는 미칠 지경이었다. 스님을 선두로 모두들 밖으로 나갔다. 그는 꽁무니에 붙어 섰다. 쥐가 났는지 다리를 주무르고 앉은 사람을 그냥 지나쳐 부엌방에서 멈추었다. 냉장고 속의 생수 한 통을 허겁지겁 마시고서야 그는 밖으로 나왔다.

앞 시간에도 그랬지만 사람들은 모두 발꿈치를 살짝 치켜들고 법당을 돌고 있었다. 가부좌를 틀었던 다리를 푸는 방법이라고 했다. 그는 열 개의 발가락 끝에 힘을 준 채 발꿈치를 한껏 치켜들고 걸을 수가 없었다. 발가락 하나를 잘랐다는 걸 절간까지 와서도 확인해야 한다니 고약했다. 오른쪽 발가락 네 개가 곰지락거리면서 비어 있는 그놈의 자리를 기어이 확인하고 말았다. 엄지발가락 하나를 잘랐다는 사실이 환기될 때마다 되풀이되는 버릇이었다. 어금니 하나 없다고 음식을 못 씹는 게 아닌 것처럼 걷거나 서는 데 지장은 없었다. 다만, 빠진 이 쪽으로 다른 이들이 쏠리는 것처럼 자신의 삶은 균형을 잃고 말았다.

민성태는 고개를 흔들었다. 아무 생각 없이 그냥 앞사람을 따라 법당을 몇 바퀴 돌고 싶을 뿐이었다. 지나간 자신의 인생이 이 깊은 산중 어둠에 묻힌 풀 한 포기보다 못하기에 야기(夜氣)에 묻혀 버리고 싶었다. 바람은 없었지만 뚝 떨어진 기온이 제법 상쾌했다. 그는 참았던 숨을 맘껏 내쉬기라도 하듯 제법 어깨를 펴고 수묵화같이 솟은 산을 바라보며 뒷사람을 따랐다. 모양 없이 찌그러진 달은 그나마 구름에 가려 있었다. 적막하기는 낮이나 밤이나 한가지겠지만 그래도 어둠에 묻힌 산을 보노라니 마음이 조금 느긋해지는 것 같기도 했다. 하지만 서늘한 밤공기는 이내 한 모금 술 생각을 불러오면서 어쩔 수 없이 그는 홈리스의 근성, 자신에 대한 저주로 빠져들고 있었다. 그에게는 뜨거운 해와 달구어진 땅과 메마른 공기가 훨씬 익숙했다. 이 땅에 온 이후로 그는 언제나 드라이 작동을 막 멈춘 세탁기 속의 열기에 갇힌 듯한 삶을 살아왔다.

정착한 처음 몇 달이 중요하고 한국 사람을 조심하라는 것, 그런 걸 모르고 이민생활을 시작하는 사람은 없었다. 그도 그랬다. 재봉기술이 있는 아내는 공장에서, 그는 대형 한국마켓의 생선부에서 일자리를 구했다. 뭉칫돈도 특별난 기술도 없는 그들로서는 그렇게 시작할 수밖에 없었다. 밤낮없이 일에 몰려 살 때에는 문제될 게 없었다. 부부관계를 서너 달 넘게 하지 않아도 그게 탈이 되지는 않았다. 그렇게 몇 년을 살고 있는데 자신이 떠나올 때는 눈 하나 깜짝 않던 모친이 땅을 두고 티격태격하던 형님 내외와 완전히 틀어졌는지 재산을 정리해서 들어왔다. 살던 곳이 도시에 편입되면서 밭이 돈이 되었던 것이다. 그즈음, 번듯한 가게 하나 장만하는 게 소원이던 그들에게서 돈 냄새를 맡았는지 처고모 되는 이가 은퇴할 나이가 되었다면서 자신들이 해오던 가게를 인수하지 않겠느냐고 권했다. 여기서 리커 스토어라고 부르는, 술과 일반 잡화를 파는 편의점은 세탁소와 더불어 한인들이 가장 많이 달려드는 사업이었다. 평소에도 가끔 들르는 곳인 데다 처고모가 순전히 그 가게 하나로 아이들 셋을 대학까지 보냈다는 걸 알고 있었으니 괜찮은 장소임에는 틀림없었다. 흑인이 많이 드나드는 가게지만 그동안 큰 사고도 없었고 리스 기간도 4년이나 남아 있었다. 그렇다고 전 재산을 덜컥 들이밀 수는 없었다. 다른 가게들의 시세와 비교도 해보고, 구입을 하더라도 신용조사와 계약을 대리해주는 회사를 통해서 하면 어떨까 아내와 의논 중이었는데, 그 말이 어떻게 흘렀는지 처고모가 싫은 소리를 했다. "어이구 민망해라, 남 하듯이 할 바에야 굳이 왜 너희에게 넘기겠니. 받을 거 다 받고 마음 편케 남에게 넘기지." 그 뒤로는 귀신에 홀린 듯 일이 쑥쑥 진행되었다. 물품 값은 물론, 장사를 오래 해서인지 은행융자가 많지 않

아 현금지불이 많은 데다 남보다는 좋은 조건이
라면서도 다섯 달치 매상의 권리금도 일시불로
요구했다. 은행 창구 직원이 고개를 갸우뚱거릴
정도로 통장은 단 이틀 사이에 홀쭉해졌다.

　한 달 정도는 나와서 고객들을 관리해 주겠다
던 약속은 몸이 아프네, 볼일이 있네 하면서 일
주일도 지켜지지 않았다. 그러면서 툭 하면 하는
말이 흥정할 필요가 없는 장사는 벙어리도 한다
는 것이었나. 영어가 별로 필요하시 않나는 세 편
의점을 하게 되는 이유일 텐데, 말이라는 게 바
코드에 찍힌 대로 계산하여 종이봉투에 싸줄까
비닐 백에 싸줄까 하는 걸로 끝나는 게 아니었다.
사람과 얼굴을 맞대고 하는 일이니 날씨든 데리
고 온 개에 관해서든 어떤 말이든 오가지 않을 수
가 없었다. 아내도 그렇고 자신도 영어 한 마디
안 하고도 지낼 수 있는 곳에서 일해 왔기에 영어
가 늘 기회가 없었다. 영어가 모자란다는 게 업신
여김을 당할 수 있는 첫 번째 조건이 된다는 걸
알면서도 어쩔 수 없는 노릇이었다. 아이들이 먼

저 깔보고 물건을 집어가면서 시비가 붙었고, 아
예 작정하고 들어오는 젊은 놈들까지 생겼다. 어
른들도 껌 한 통 사가면서도 실실 웃으며 큼직한
종이봉투를 가리켰고 한 컵 정도 남은 우유를 들
고 와서는 배탈이 났다고 시비를 걸어오는 놈도
있었다.

　그날은 중학생이나 될까 말까 한 세 놈이 들어
와 물건을 들고튀는 걸 뒤쫓았다. 겨우 한 놈을
붙잡아 부모에게 돈을 받고 돌아오니 오른쪽 엄
지발가락이 아팠다. 못에 찔렸는지 피가 흥건했
다. 약을 바르고 마이신 몇 알을 먹었다. 발가락
은 그 뒤로 아프다 말다를 되풀이했다. 생각나면
약을 바르고 항생제를 먹었다. 그러던 어느 날 단
골로 오는 늙은이 하나가 이런 말을 했다. "네 가
게 앞으로 하수구 확장 공사한다는 걸 아느냐. 좀
도둑 몇보다 그게 더 큰일이다." 무슨 말인가 했
더니 가게를 인수하기 전부터 계획이 발표되었
고 공사는 전화 케이블을 동시에 묻으면서 일 년
넘게 걸린다는 거였다. 흑인 늙은이는 이런 말까

지 했다. "일 더디게 한다는 거는 너도 알지. 일 년이라면 이 년 보면 된다. 주차장 쪽으로 철판은 깔겠지만 조심스러워서 어디 오겠느냐. 그리고 걸어서 오는 사람들도 공사판은 피한다. 너 큰일 났다."

그 말을 듣고 옆 가게들을 살펴보니 도넛 가게와 미용실이 며칠 간격으로 문을 닫고 있었다. 늙은이의 말은 사실이었다. 가게를 시작한 지 석 달도 안 되어 공사가 시작되었고 그날치 매상이 낭장 절반으로 줄었다. 당연히 처고모를 찾았지만 공사 이야기는 처음 듣는다면서 시치미를 뗐다. 가게는 아내에게 맡기고 그는 이리저리 뛰어다녔다. 아는 이를 통해 그이의 친척 된다는 변호사를 만났다. "가게를 넘긴 사람이 공사가 예정되어 있음을 알고도 그 사실을 사전에 알리지 않았다면 손해배상을 받을 수 있다. 리스 기간과 렌트비는 영업권을 살 때 인수받은 계약에 따른다." 그 두 마디 듣는 데 몇백 불이 들었음은 물론이다. 흔해빠진 게 변호사이고 그만큼 재판이 흔한 곳이 미국 땅이었다. 또 다른 사람은 여기 재판은 시간이 오래 걸리니 적당한 선에서 손해 보상금을 받는 게 좋을 거라고 했다. 아내와 같이 다섯 번, 아내 혼자 세 번, 자기 혼자 세 번을 찾아갔지만 처고모는 꿈적도 하지 않았다. "공사야 언제 어디서든 할 수 있는 건데, 그게 가게 넘긴 우리하고 무슨 상관이야? 분명히 나는 기억하는데 처음 얼마간은 고생할 거라는 얘기를 했다. 그게 그 말 아니냐. 십 년 세월 검둥이들 바닥에서 쓸개 내놓고 단골 잡은 데다 목 좋은 곳을 그래도 핏줄이라고 남보다 좋은 조건에 넘겼는데 이제 와서 생트집을 잡아! 마음을 바꾸어라. 그만한 시련은 물 다르고 말 다른 이곳에선 누구에게나 닥친다. 내 너희들을 위해 기도하마." 처고모는 교회집사였다.

매상은 날이 다르게 줄어드는 데도 월세 내는 날은 여지없이 다가왔다. 세들 사람 없이 리스 기간을 다 못 채우면 남은 기간의 월세를 현재 세든 사람이 물어내야 하기 때문에 재판이 끝날 때까지는 죽이 되든 밥이 되든 가게를 꾸려야 했다. 싸움은 부부간에 고부간에 수시로 터졌다. "남의 집구석을 말아먹으려고 작정을 했지. 이건 악질 중에도 상악질이다! 에미 니가 그 돈 못 받아내고 어째 이 집 식구라고 밥숟가락을 같이 들 수 있겠노!"

매일같이 입술이 허옇게 마르고 몸이 바짝바짝 여위어 가는 판에 발가락의 화농이 심해갔다. 그렇지 않아도 매일 밤마나 술이라 통증은 참지 못할 지경에 이르렀다. 결국 병원에 갔더니 의사는 혀를 차면서 발가락을 지금 당장 잘라야 한다고 했다. 발가락 하나 떼 내는 거야 십 불짜리 한 장보다도 아깝지 않았지만 그 뒤가 문제였다. 진통제 과다 복용으로 위가 탈이 난 것이다. 병원을 드나들 의욕도 돈도 없었다. 아내는 벌써부터 다시 봉제공장에 나가기 시작했고, 하루 종일 손님 서너 명 드는 날도 있는 가게를 술병이나 축내며 지키는 가운데 지루한 재판이 시작되었다. 이렇게 망해도 그만 저렇게 망해도 그만인 판이었다.

재판이 시작된 지 일 년 만에 화해신청이 들어왔다. 남은 리스 기간의 월세를 제외한 모든 금액과 변호사 비용을 돌려주겠다는 조건을 거부하기에는 수중의 돈도 배짱도 다 소진되고 없었다. 그 돈 가지고 청산할 거 하고 이미 아이들과 나가 살기 시작한 아내와 다시 반을 나누니 몇 년 치 아파트 월세 값만 겨우 남았다. 노모를 위해서라도 닥치는 대로 일을 하고자 했지만 몸과 마음은 이미 망가질 대로 다 망가져 있었다.

그리고, 그리고 민성태는 물결같이 밀려드는 과거를 막아보기라도 하듯 세차게 고개를 흔들었다. 걸음이 늦었는지 앞사람은 보이지 않았다. 그로서는 다시 법당으로 들어가도 그만 들어가지 않아도 그만이었다. "일 년에 한 번을 갔든 두 번을 갔든 그래도 절에 가던 사람이 겁도 없이 예배당을 왜 나갔노! 그게 사단이라!" 이민생활이라는 게 먼저 와서 끌어주는 사람 따라가게 되어 있었다. 사이가 벌어지고서야 발길을 끊었지만 그들 가족은 처고모가 나가는 교회에 나갔다. 그걸 두고 어머니는 말도 안 되는 원망을 퍼붓기도 했다. 무의탁 양로원에서 숨을 거둔 어머니의 뒤처리를 하러 갔을 때 같은 방의 할머니 한 분이 이런 소리를 했다. "살아서는 못 볼 거고 죽으면 혹시 찾아올까. 그러면 절에나 가서 마음에 든 병이며 몸에 든 병 다 고치라 하소. 이 사람아, 그렇게 내게 말하데." 온갖 쓰레기들이 다 모인다는 맥아더 공원에서 새벽에 눈이 떠지면 이가 다 빠져 옴죽거리던 노파의 그 낮은 목소리가 한 번씩 들려왔다. 시내에 있는 절들은 가정집들처럼 저녁이 되면 문을 걸어 잠그는 데다 낮에도 출입자를 가릴 때가 있었다. 신문에 태고사라는 절이 소개되어 있는 걸 보고는 민성태는 무턱대고 그 면만 접어서 호주머니에 넣고 다녔다. 그리고 며칠 전부터 사막으로나 들어가 버리자는 막된 심정에 시달리다 버려지다시피 한 차를 훔쳐 이리로 온 것이다.

그런데 가는 날이 장날이었는지 매일 그렇게 하는 곳이었는지 예불과 좌선만이 계속되고 있었다. 참을성이란 참을성은 모조리 다 박살나버린 그로서는 견디기 힘든 일정이었다. 그렇다고 식당에 우두커니 앉아 있을 수도 없었을 뿐더러 방구석에 혼자 자리 펴고 누워 있을 분위기는 더욱 아니었다. 필요하지 않은 곳의 불은 다 끈 채 귀신 같은 침묵 속에 빠져 있는, 그런 이상한 절에 찾아든 것이다.

민성태는 자기도 모르게 한숨을 내쉬었다. 어느새 혼자 남아 있었다. 그는 다시 밀려드는 갈증과 같이 가슴 저 바닥에서 치밀어 오르는 분노를 재우기 위해 걸음을 멈추고 하늘을 쳐다보았다. 무섭도록 광활한 하늘에 구름 몇 조각이 흐르고 있었다. 그때, 정말 여기가 괜찮은 곳이라는, 앞뒤 없는 생각이 달려들었다. 여기도 결국 사막의 한 자락일 것이었다. 잠들지 않은 늑대와 뱀들이 가만히 엎드린 채 날카롭게 먹이를 살피고 있을 어둠이 마음에 들었고 한번 들어서면 다시는 헤어나오지 못할 것 같은 겹겹으로 이어진 산줄기도 마음을 당겼다. 지금 이대로 사라져 깜깜한 저

산속으로 기어든다 해도 누구 하나 알 리 없었다. 찾을 사람도 없었다.

그는 차를 세워둔 곳으로 걸어가기 시작했다. 술 한 모금, 그리고 깊이 모를 아가리를 쳐들고 있는 어둠 그 어딘가에 머리를 디미는 것, 그 두 가지가 지금 당장 조급한 그의 마음을 세차게 끌어당겼다.

4

무엇이 제대로 보인다거나 그렇지 않다는 것의 차이가 별 게 아니라는 걸 이제야 알겠다. 보자고만 든다면 밝거나 어둡거나 보아야 할 것은 눈에 다 잡히는 것이다. 토요일 오후, 그것도 이름난 공원이나 다른 도시로 가는 길도 아닌 프리웨이로 접어들자, 모든 것이 한껏 적적했다. 달리는 차들의 속도조차 뜨거운 사막 속에서는 실감이 없었다. 단단히 마음먹은 듯이 한참씩 떨어져 앉은 집들을 지나 절에 들어서서도 달라진 것은 없었다. 목적지를 찾았다는 반가움도 잠시 처음 만난 공양주가 그에게 한 말은 딱 두 마디, 그것도 지시에 가까웠다. "용맹정진 중이라 예불과 좌선이 내일 오전 법회 때까지 계속됩니다." "짐은 아래층 오른쪽 방에 놓으시고 6시 저녁예불에 참석하세요." 대웅전은 갓 대들보를 올린 듯 나무 기둥과 지붕 모양만이 어설프게 들어왔고 착암기의 굉음만이 주위를 흔들고 있었다. 하지만 그 소리도 귀에 익자 광활한 하늘과 계곡이 빚어내는 적막 중의 하나에 지나지 않았다. 곧 저녁예불이 시작되고 그게 좌선으로 이어지는 동안 더위를 걷어내는 어둠이 덮였지만 보이는 거나 보이지 않는 거나 매양 똑같았다. 모든 게 지극히 단조로웠다. 촉수 낮은 불빛 아래 드리운 건조한 어둠도 이제 제 눈처럼 익숙해져 버렸다.

차상열은 방석에 앉았다. 마주보고 앉았던 사람의 자리가 비었다는 걸 알았지만 신경 쓸 건 없었다. 도대체 예불할 때 말고는 목소리라고는 한

마디 나오지 않은 채 몇 시간이 흘렀으니 침묵처럼 형상도 익숙했다. 다만 앞서도 그랬지만 방석을 두 개나 포개어서는 무릎은 모으고 두 발은 한껏 벌린 채 반쯤 꿇어앉은 자세의, 어쩌면 말 타는 자세 비슷한 미국인 남자의 모습은 이번에도 놓치지 않았다. 옆자리의 부인인 듯한 이는 한국 사람이었다. 다른 인종과 사는 한인들도 많겠지. 모든 건 익숙해진다. 상열은 거기서 멈칫했다. 미국에 들어온 후로 자신이 이곳에 모든 길 맞추어 보려고 타울대고 있다는 생각이 들었기 때문이다. 알고 있거나 익숙해졌다고 여긴 관습이나 법규도 제 몸처럼 만들려다 보니 낯설고 서툰 게 한둘이 아니었지만 어쨌거나 애쓰고 있기는 했다. 흔한 말로 로마에 가면 로마의 법을 따라야 했기 때문이다. 그렇지만 아무래도 적응하기 어렵겠다 싶은 게 딱 하나 있었다.

부지런해야 먹고 산다는 사실. 이치로야 한국과 다를 바 없겠지만 그 정도가 엄청났기에 생각해 보지 않을 수 없는 문제였다. 몇 차례 들락거리면서 그런 걸 모르는 바는 아니었지만 막상 이곳에서 살기로 마음먹고 찬찬히 살펴보니 겁이 날 지경이었다. 자그마한 무역업체에서 일하는 제수는 여전히 새벽 6시에 나가 저녁 7시에 들어왔고 아버지에게서 자동차 정비 기술을 배운 동생 역시 한마디로 하루 종일 일했다. 엘에이 아래쪽 오렌지카운티에 사는 막내나 동부에 사는 여동생도 다를 바 없었다. 어려서부터 미국 땅에 살면서 그렇게 일해 온 부모님을 보고 자랐으니 동생들에게는 익숙한 생활리듬이겠지만 그로서는 엄두가 나지 않았다. 그들 가족뿐 아니라 한인 이웃들이 다 그렇게 살 것이었다. 한국에서도 다들 바지런히 살기야 하지만 월급쟁이든 자영업이든 이곳이 더 빠듯하다는 걸 다시 한 번 확인한 셈이었다. 관습이라기보다는 이곳의 사는 법칙이거나 경제구조였기에 가장 현실적인 고민일 수밖에 없기도 했다.

자신도 그렇게 살아야 하는지 어쩐지는 매달 10일에 발표되는 영주권 문호개방에 달려 있기도 했지만 그는 아직 마음을 정하지 못하고 있었다. 반 어둠의 단조로운 시간 속에 오래 앉아 있는 동안 모든 것은 익숙해진다고 속으로 되뇌고 있는 것도 실은 그런 자신에 대한 다짐이거나 위로인지도 몰랐다.

그는 명예퇴직을 하고 보름 만에 미국에 왔다. 퇴직 소식을 듣고 어머니는 불같이 독촉했다. "이젠 오면 되겠구나. 이왕 올 거 하루라도 빨리 와서 살 궁리를 찾아라!" 아내도 서둘렀다. "당신 혼자라도 우선 나가서 이것저것 좀 살펴봐요." 가족 모두에게 그의 퇴직은 반가운 기회였다. 그는 한동안 뜸했던 이민 온 친구들도 만나고 뉴욕에서 화장품 가게를 열고 있는 누이 집엘 다녀왔으며 한 보름간은 아버지 병 수발을 들었다. 와서 무슨 일을 할 것인지, 군대 간 아들놈은 한국에서 학교를 끝내야 할지, 집은 우선 아파트 렌트를 하는 게 나을지, 그런 문제보다 마음 깊이 다가온 건 아버지의 병환이었다. 천식 증세가 있다는 것은 알았지만 그동안 병이 깊어져 있었다. 더 사셔야 되겠지만 돌아가신 다음에 어떻게 하느냐도 걱정이었다.

그는 아버지를 병원에서 모셔오던 날, 바로 밑의 동생 가게로 찾아가 슬쩍 물어보았다. "언젠가는 닥쳐올 문제라서 하는 말인데, 장지 문제에 대해 이야기하신 적이 있니?" 확실하게 의논이 된 건지 아니면 무의식중에 나오는 말을 내뱉는 건지 동생은 쉽게 대답했다. "여기죠 뭐." 그 말을 듣는 순간 고향 선산이 언뜻 눈에 스치면서 동시에 한인신문에서 보았던 부고가 떠올랐다. 향년 몇 세를 일기로 하나님의 부르심을 받아 소천하셨기에 입관예배는 언제 어디서, 장례예배는 어느 메모리얼 채플에서, 집례는 누구라는 정해진 문구였다. 부고를 내든 안 내든 이곳에 사는 사람들의 장례 형식이 대부분 그럴 것이었다. 아침 산책을 조금 멀리 나가면 공동묘지가 있었다. 얼른 보아서는 잔디와 나무들만 늘어선 아주 조용하고 한가한 공원일 뿐이었다. 그는 한국과의 문화 차이를 알고 있었음에도 불구하고 어쨌거나 허탈했다. 이민이 사후까지 결정짓는다는 사실로 다가왔기 때문이다. 자신이 영주권을 얻지 않는다면 아버지와 다른 땅에 눕게 된다는 것도 장남인 그의 소견머리로서는 신경 쓰이는 일이었다.

도착 첫날부터 어머니가 한 말이 있었다. "술 담배 끊고 교회 나가는 것, 할 만한 비즈니스 알아보는 것, 너에겐 그것밖에 없다." 어머니의 짧은 말 속에는 그가 미국에 와서 살 때의 기본소선이 모두 포함되어 있었다. 결국 여기서 살려면 그동안 한국에서의 생활습관을 모두 버려야 함은 물론 종교까지 가져야 한다는 소리니 그로서는 부담스럽지 않을 수 없었다. 어머니 손에 끌려 몇 차례 교회에 나갔지만 그는 멀뚱하기만 했다. 거기에다 어머니는 교인들에게 곧 들어와 살 것처럼 인사를 시키기도 했다. 교회에 나가는 걸 그냥 이곳에 사는 한인들의 삶의 형태려니 하고 넘겨 버리지 못하는 자신의 소갈머리에 화도 났지만 도대체가 체질적으로 맞지를 않았다. 한 번씩 다니러 왔을 때와는 전혀 다른 상황이 그의 앞에 펼쳐져 있었다. 일상이어야 할 관습이나 제도도 그는 겁나기 시작했다. 모든 걸 다 제쳐둔다 해도 맨 끝에 남는 문제는 한국에서 받은 퇴직금으로 미국에서 생활한다는 건 환율 때문에라도 불가능하다는 사실이었다. 30년 가까이 일한 것도 모자라 또 일자리를 찾아야만 가족과 합류할 수 있다는 현실이 그로서는 딱하고 억울했다.

그러다 보니 미국으로 이민 올 자격 하나 갖추었다는 게 뭐 그리 대단하다고 이렇게 휘둘려야 하는지 화도 나면서, 정작 자기 자신은 빠진 채 이주 문제가 진행되고 있다는 생각까지 하게 되는 것이었다. 그는 평일에도 차를 몰고 자주 교외로 나갔다. 그렇게 헷갈리는 심사와 태도가 어머니는 물론 동생 눈에 어떻게 비쳤는지 결국 집 문제로 시작해서 언성이 높아지고 말았다.

"넌 도대체 여기서 살 마음이 있는 거니 없는 거니? 신청한 서류야 기다리면 되는 건데 비즈니스나 집은 알아보지 않고 유람 온 사람처럼 어딜 그리 싸돌아다니니?" 어머니의 말이 아니더라도 동생도 지나가듯 한두 번 집 문제를 입에 올린 적이 있었다. 장남인 자신이 들어오면 당연히 부모님을 모셔야 되겠지만 그게 급한 건 아니었다. 물론 그동안 모시지 못한 죄스러움과 동생 내외에 대한 미안함도 갖고 있었다. 어제 그는 모친과 동생에게 말했다. "언제 오게 될 지도, 또 물정도 잘 모르는데 사업이며 집이 뭐 그리 급하겠어요. 그리고 너한테 분녕히 말하지만 내가 들어오면 두 분 모신다. 하지만 갑작스러운 변화는 아버님이나 어머니께도 좋지 않다. 네 형수도 함께 산 적이 없으니 시간도 필요할 테고." 그렇게 시작된 말이 꼬리를 물어 얼굴 붉히는 데까지 가고 만 것이다.

중장비 기술자였던 아버지가 먼저 미국에 가서 가족들을 불렀을 때 그는 대학교 졸업반이었다. 가족초청 비자가 까다롭지 않을 때라 대학은 마치자는 생각이었는데 그게 그만 가족관계조차 서먹한 세월로 흐르고 만 것이다. 어제 밤에 차상

열은 그 간격을 제대로 메우면서 가족과 합류한
다는 게 만만치 않다는 사실을 확인한 셈이었다.
무거운 마음으로 잠자리에 들었을 때 문득 이 절
이 생각났다. 넉넉한 집안에다 명문대학까지 나
온 미국인이 출가하여 혼자 힘으로 사막 한가운
데 절을 짓고 있다는 소식은 한인사회에서 주목
받기에 충분했다. 그 스님이 저기 앉아 있다. 상
열은 다른 사람들보다 목 하나는 더 높은 스님을
훔쳐보았다. 스님은 자신의 발 앞에 둔 시계를 내
려다보고 있었다. 끝날 시간이 되고 말았구나,
그는 오늘 공부를 다 끝내고 가방을 챙기면서도
내일 숙제가 걱정되는 학생 같은 기분이었다.

5

　좌선이 모두 끝난 뒤 스님 두 분을 빼고 모두들
식당으로 모였다. 부부는 두 쌍이었다. 한국인 부
인과 미국인 남편은 아주 잠깐 보였다 싶었는데

어느새 사라지고 없었다. 나이가 제법 지긋한 한국인 부부는 부티도 나고 점잖아 보였다. 물을 마시거나 다른 음료수를 찾는 동안 아무도 말이 없었다. 작은 키에 야무지게 보이는 공양주가 처음으로 입을 열었다.

"내일은 네 시 반에 일어나서 예불, 백팔 배, 좌선 두 타임, 일곱 시 아침공양, 휴식 뒤 아홉 시부터 좌선 두 타임, 그리고 법회는 열한 시에 열립니다."

공지사항인 셈이었다. 미리 알고 있는 건지, 아니면 너무 빡빡한 일정에 놀라서인지 아무도 입을 열지 않았다. 그때 노부부가 일어났다. 그들은 계단을 따라 내려갔다.

"다른 절하고는 좀 다른 것 같네요?"

먼저 입을 뗀 사람은 호영이었다. 공양주를 향해 한 말이라고 보아야겠지만 그녀는 웃는 듯한 표정을 희미하게 남기고는 자리에서 일어났다.

"용맹정진 중에는 침묵입니다."

그 말을 듣고도 호영은 전혀 무안하지 않았다.

새벽에 일어나 해야 할 모든 순서가 마음에 든다
고 말하고 싶을 정도였다.

공양주가 떠나자 남은 사람은 셋이었다. 그들
은 잠시 서로를 멀뚱히 바라보았다. 남시우는 화
장실이 확실히 비었다는 사실을 알고는 조심스
레 일어나 그쪽으로 갔다. 소변보다는 옷을 적셔
오는 땀 씻는 일이 급했다.

"절 말에도 무서운 말들이 많네요. 용맹정진이
라……."

호영이 의자에서 일어나며 중얼댔다.

"묵언수행을 그렇게 말하는지는 모르겠는데,
화두 하나 붙들고 앉으나 서나 그걸 깨쳐야 하는
선승들인데 도에 이른다면 무슨 짓을 못하겠어
요. 인간이 해볼 수 있는 극기란 극기는 모두 스
님들이 먼저 다 밟아봤을 테니 쓰는 말도 거기에
따라가는 거겠죠. 사막기후라 기온이 제법 내려
가는데."

차상열도 일어나 창가로 가면서 두 팔을 펼쳐
몸을 풀었다.

"그나저나 달도 좀 뜨고 해야 절에 온 기분이 날 텐데, 안 보이지요?"

그는 사실 담배가 피우고 싶었다.

"네." 호영은 건성으로 답했다.

호영도 담배 생각이 간절했지만 어둠 속에서 언뜻 어머니의 얼굴을 본 듯했다. 밥 한 끼 굶고 담배 한 대도 참지 못한다면 돌아가신 어머니에 대한 도리가 아닐 것이었다. 호영은 임종은 물론 어머니를 제 손으로 묻지도 못한 자신의 신세가 새삼 한스러웠다. 한국에 돌아가면 미국에 다시 들어올 수 없는 불법 체류자 신세이기도 했지만, 한국에서는 더 급하게 쫓기는 몸이었다.

"화장실 한번 오래 쓰시네."

차상열이 화장실 쪽을 바라보며 중얼댔다.

"내일 새벽에 혼자 자고 있을 수는 없을 테니 눈은 붙여야겠군요."

호영이 창가에 붙어선 채 말했다. 지금은 혼자 있고 싶을 뿐이었다.

상열은 화장실에 눈길을 다시 한 번 주고는 문

쪽으로 돌아섰다. 오줌이야 밖에서 누고 그 틈에 담배도 한 대 하면 될 것이었다. 달이야 뜨면 좋고 그렇지 않아도 그만이었다.

호영은 담배 생각을 물 한 잔 더 마시는 걸로 참아보기로 했다. 그냥 두 눈 꼭 감고 진득하게 앉아 있었을 뿐인데도 마음이 편했다. 내일 새벽에 예불도 올리고 백팔 배도 드린다니 혼자 재를 드리는 걸로 하지 뭐 하는 그런 마음도 있었다. 그리고 지금 이 자리, 사막에 들앉은 산중에서 깊이도 두께도 알 수 없는 어둠을 바라보는 것도 좋았다. 그가 응시하고 있는 어둠은 자신의 과거이기도 했다. 파출소로부터 시작해서 경찰서와 감옥을 드나들 때마다 어머니는 이번이 마지막이지, 라고 다짐하곤 했다. 막판에 조직을 판 것도 10년은 넘을 중형이 무서웠다기보다는 다시는 회복 못하게 무너져 내릴 어머니의 심사가 더 두려웠기 때문이다. 그는 어렵사리 관광비자로 나와 그냥 주저앉았다. 이민 왔다고 말들은 하지만 열 중 하나는 불법체류자라는 이야기가 위안이 되지는 못했다. 자신이 미국서 살고 싶어 환장한 놈은 아니었기 때문이다. 그렇지만 그는 당분간이 될지 어떨지는 모르지만 여기서 엎드려 지내야 했다. 호영은 고개를 흔들었다. 오늘 밤만은 그런 건 문제도 아니었다. 스님들의 수행 이야기를 했던 사람은 한가하게 달까지 찾았지만 지금 그에게는 돌아가신 어머니가 그냥 환한 보름달이었다.

잠시라도 눈은 붙여야 했나. 호영은 세수를 하기 위해 화장실 문을 열었다. 문은 잠겨 있었다. 그러고 보니 아까 들어간 사람이 있었다. 그런데 여태껏, 그는 직감으로 안에 있는 사람이 쓰러졌다는 걸 알았다. 호영은 조심스레 문을 몇 번 더 두드리다 호주머니에서 스위스칼을 꺼냈다. 공양주를 부르는 건 안에 있는 사람의 상태를 본 뒤에도 가능할 것이었다. 좁은 화장실 바닥에 아까 그 사람이 머리를 두 손으로 감싼 채 쓰러져 있었다. 일을 다 보고 돌아서다 주저앉은 모습이었다. 호영은 그를 안아 식당 바닥에 눕혔다. 코밑에 손가락을 대보고 눈꺼풀을 열어 보고서야 그는 잠깐 실신한 것으로 판단했다. 호영은 화장실에 있는 수건을 물에 적셔 얼굴을 닦은 뒤 발끝부터 주무르기 시작했다. 안았을 때도 가벼웠지만 직접 만져본 몸은 대꼬챙이같이 말라 있었다. 거기다 머리카락은 다 빠져 스님이 따로 없을 정도였다.

"괜찮으세요, 아저씨?"

팔을 조금 움직이고 눈을 뜨는 걸 보고서야 호영이 물었다.

남시우는 검게 탔지만 팽팽한 젊은이의 얼굴이 가까이서 자신을 내려다보고 있음을 알아차렸다. 그리고 귀밑으로, 머리카락에 반쯤 가려진 큰 흉터도 볼 수 있었다. 자상(刺傷)이군, 남시우는 쓸데없는 데 신경을 쓰고 있었다.

"고맙소. 내가 정신을 잃은 모양이오."

그때 출입문이 열리면서 밤기운과 더불어 담배냄새를 묻힌 차상열이 들어섰다.

"무슨 일입니까?"

놀라움을 한껏 낮춘 음성에 싣고 그가 말했다.

남시우는 급하게 오른손 검지를 자기 입에 갖다 댔다.

"두 분만 아는 거로 했으면 싶소. 머리가 아프고 가끔씩 마비가 온다오."

"오래 앉아 있은 게 무리였군요."

차상열이 쉽게 말했다.

잠시 뒤 남시우는 혼자 힘으로 일어나 앉은 다음, 탁자로 갔다.

"조금 쉬다 내려갈 테니 먼저들 주무시오."

남시우는 두 사람을 외면한 채 창밖으로 시선을 모았다. 모든 걸 재빨리 판단한 듯 호영은 화장실로 갔다. 상열은 그래도 싶어 쓰러졌던 사람에게로 다가가려다 그가 손사래를 치는 바람에 머쓱해지고 말았다. 더 이상 관심 쓰지 마라. 묻지도 말라. 그런 건가. 상열은 계단을 내려가는 수밖에 없었다.

자기를 끌어내 익숙한 솜씨로 응급처치까지 했던 젊은이가 화장실 앞에서 "천천히 쉬시다 오세요."라고 했을 때 남시우는 고개를 끄덕이며

"고맙소."라고 다시 한 번 인사했다. 그는 한껏 편한 자세로 앉았다. 안락의자는 아니었지만 등받이도 있고 바닥도 그런대로 푹신했다. 절제된 조명도 몸과 마음을 편하게 했다. 그는 적막 속에 시간을 잊은 채 앉아 있었다. 모처럼 맑은 정신일 때 생각을 제대로 모아 두어야 할 것 같았다.

헬기 소리를 듣고 그는 깨어났다. 그는 통신병의 몸뚱이 밑에 눌려 있었다. 어디를 다쳤는지 확인할 사이도 없이 와락 사체를 밀치고 일어났을 때 그는 죽음보다 더한 공포감에 사로잡혀야 했다. 통신병의 머리가 다 날아가고 없었던 것이다. 팔이 떨어져 나갔든 다리 두 짝이 찢겨져 나갔든 소대원 중에서 생존자는 열한 명이었다. 그는 본국으로 이송되지 못하고 후송병원에서 얼마 머물다 다시 소대장 직으로 복귀했다. 그는 비 내리는 날의 어둠에 대한 불안감과 죽어간 부하들에 대한 죄책감과 싸우면서 정글을 15개월이나 누볐다. 말라 죽은 나무와 풀들이 있는 지역은 시계(視界)가 좋았다. 모든 파월병들이 그랬듯이 그때 그도 고엽제를 그 정도로 알고 있었다.

그는 몇 년 새, 자기 생각으로는 눈 깜박할 사이에 다 빠져버린 맨머리를 열 손가락으로 꾹꾹 눌렀다. 머리가 어지럽고 통증이 올 때마다 그렇게 해야 했다. 오늘 나들이가 무리라면 마음 한구석을 맴돌고 있는 한국행은 접어야 할지도 몰랐다. 아는 이들은 그에게 한국에 가서 고엽제 판정을 받아보라고 권했다. 판정만 받으면 입원치료는 물론 보상금도 받을 수 있다는 소리였다. 실제로 한국까지 간 사람들도 있지만 시원하게 판정을 받는 이는 잘 없는 걸로 알려져 있었다. 매달릴 데가 없어 매달려 보는, 그야말로 실낱같은 희망이었다. 월남참전 경력이 있는 사람들이 시민권 신청을 망설이는 이유 중에는 혹시나 자기 몸에서 발생할지 모르는 고엽제 후유증에 대한 두려움이 도사리고 있었다.

하지만 그런 거야 소식이 끊어진 아들놈에 비하면 그냥 누구하고도 나눌 수 있는 이야기일 뿐이었다. 어렸을 때부터 아들은 기대에 어긋나지 않게 공부했고 이민 온 부모들이 한결같이 소원하는 명문대에 입학했다. 아내는 고생한 보람을 찾았다며 눈물을 펑펑 쏟았다. 아들은 집을 떠나 있고 싶었는지 장학조건이 다른 곳보다 못한 동부 쪽의 대학을 택했다. 그런데 두 학기를 마칠 무렵, 학교에서 연락이 왔다. 학업과 대인관계에 부적응 스트레스를 보이니 치료를 요한다는 내용이었다. 초등학교 다닐 때 이민을 왔기에 언어와 문화적응에 별 문제가 없으리라고 생각했던 그들 부부로서는 청천벽력 같은 소식이 아닐 수 없었다. 어째서 시험성적만으로 완전한 미국인이 될 수 없는지 억울하기만 했다. 아들은 그 뒤 휴학과 복학을 반복하다 언제부턴가 그런대로 적응을 해나가는지 별다른 소식이 없었다. 제 어미가 한 번씩 전화를 할 때도 쾌활한 목소리였다. 그 달뜬 듯 밝은 목소리가 약물 때문일 수도 있다는 걸 생각해 보지 않은 게 잘못이라면 남시우로서는 할 말이 없었다. 아이 어른 없이 누구나 쉽게 약물에 손을 댈 수 있는 나라가 미국이었다.

아들은 3년 전에 학교에서 사라졌다. 친하게 지낸 친구도 없었다니 아이는 그들 부부로부터 사라졌을 뿐이었다.

온갖 진통제가 자기 몸에 듣지 않는다는 걸 알면서도, 그는 마약에 대한 유혹만큼은 끝까지 견디고 있었다. 몸으로만 낳은 자식은 아니기에 자신의 그런 간절함이 반드시 아들에게 전해지리라고 믿고 싶었기 때문이다. 모든 게 끝난 것은 아니었나. 남시우는 천천히 일어나 닫힌 법당 문으로 갔다. 그는 부처님을 향해 앉아 있고 싶었다.

6

아주 미세했지만 누군가가 움직이고 있었다. 그러고 보니 아스라한 목탁 소리를 들은 듯도 했다. 호영은 눈을 떴다. 벽 쪽에서 누군가가 움직이고 있었다. 몸을 일으켜 보니 미국인이 침낭을

개고 있었다. 그런 걸 가져오지 않아 매트리스 위에 등걸잠을 자긴 했지만 몸도 마음도 편안했다. 호영은 할 일이 무엇인가 생각했다. 아무것도 없었다. 백팔 배를 드리는 일만이 있을 뿐이었다. 얼굴이라도 한 번 보고자 애를 썼음에도 자는 동안 어머니는 보이지 않았다. 어머니는 자식이 깨끗한 마음으로 일찍 일어나게 하려고 잠자리를 어지럽히지 않으신 걸까. 그는 부리나케 미국인을 뒤따라 법당으로 올라갔다.

호영은 앞 사람과 옆 사람을 따라 절한 다음, 방석 앞에 놓인 얇디얇은 책을 들어 겁 없이 경을 따라 읽었다. 키가 유난히 큰 주지스님의 목소리는 높고도 맑았다. 처음에는 이상한 발음으로 들렸지만 낭랑한 목청에 그것도 묻혀버렸다. 호영은 리듬을 따라가지 못하는 자신이 미웠다. 다행히 예불은 금방 끝나고 백팔 배가 시작되었다. 호영은 어머니에게 실컷 잘못을 빌며 절하고, 부디 극락왕생하시라고 부처님께 소원하며 또 절했다. 처음 한동안은 옆 사람들과 엎드리고 일어나는 게 조금 어긋났지만 비스듬히 앞에 선 주지스님의 호흡에 맞출 수가 있었다. 어린 시절 시골에 살면서 어머니를 따라 절에 간 적이 몇 번 있었다. 그 절은 재벌을 낳았다고 소문이 난 곳이기도 했다. "너도 부자 되게 해달라고 열심히 빌어라." 어머니의 그 말이 아니더라도 돈을 많이 버는 게 그의 소원이기도 했다. 없는 살림에 아버지는 건달 노름꾼이었다. 외삼촌을 뒤따라 서울로 올라간 뒤로도 어머니의 파출부 일과 누나 둘의 공장 일로 살림을 이었다. 부자가 되어 어머니를 호강시키고 싶은 어렸을 적 마음은 변하지 않았지만 방법이 없었다. 서울에 와서도 빈둥대며 술이나 마시는 아버지에게 대든다는 게 결과는 언제나 어머니 속만 썩였다. 호영은 연신 어머니를 외면서 깊이깊이 머리를 조아렸다. 지금 당장 삼천 배 아니라 팔만 사천 배를 이 자리에서 드려 어머니를 다시 모실 수 있다면 그러고 싶었다. 그러므로 그에게 백팔 배는 너무나 짧게 끝나버렸다. 손으로 마른 이마를 훔치면서 주위를 둘러보니 공양주가 가만히 식당으로 나가고 있었다. 그 열린 문으로 어젯밤에 마지막으로 식당에 같이 남아 이런저런 얘기를 나누었던 사람이 얼굴을 내밀었다. 그는 말없이 무언가를 헤아리는 듯하더니 다시 식당으로 돌아갔다.

차상열은 상을 차리고 있는 공양주에게 다가갔다.

"조금 전에 들어간 분까지 법당 안에 모두 여덟 분 계시죠. 보살님하고 나까지 하면 열인데 아무래도 한 명이 없는 거 같아요."

"예불에 빠질 수도 있는 거죠."

"그게 아니라."

상열은 같이 자던 사람들이 조심스레 방을 빠져나가는 동안에도 눈을 감고 있었다. 좌선은 몰라도 백팔 배는 내키지 않았다. 한동안 그렇게 뒤척이다 일어나 마음 편하게 화장실을 쓰고 방으로 돌아왔다. 매트리스나 개서 벽장에 넣어둘까 하고 안쪽부터 접어 가는데 저절로 숫자가 세어졌다. 모두 다섯 장이었다. 뭔가 이상스러웠다.

어젯밤 좌선을 모두 끝내고 잠시라도 같이 식당에 모였을 때도 남자는 모두 다섯이었다. 법당에 앉았던 남자는 분명 여섯이었는데. 그러고 보니 어젯밤 식당에 모였을 때부터 한 사람이 보이지 않았다는 게 기억났다. 작달막한 키에 색깔 짙은 남방셔츠를 입고 있던 자였다. 어제 오후 자기가 도착한 직후에 이내 그 사람이 왔기에 주차장에서 똑바로 마주쳤었다. 아픈 몸 때문에 백팔 배를 할 수 없어서인지 식당에 앉아 있던 내버리에게 물어보았지만 차상열은 신통한 답을 들을 수 없었다. 먼저 떠나는 걸 보았다는 것도, 지금 법당 안에 있다는 답도 아니었다. 차상열은 심하게 낡은 그 사람의 차를 기억했기에 주차장으로 쓰는 공터로 나가 보았다. 차는 있었다.

이야기를 다 들은 공양주는 법당 문을 반쯤 열고는 안을 살피더니 돌아와 말했다.

"이 시간에 산책 나간 것도 아닐 테고……."

"아니에요, 분명 어젯밤부터 없었어요."

차상열은 확신에 차 있었다.

"그럼, 김씨와 같이 주위를 한번 돌아보시겠어요? 내가 주차장으로 보내 드릴테니."

김씨는 한국에서 건너온 목수들이 상량식을 마치고 귀국한 뒤에도 혼자 남은 연변 출신의 인부였다. 키가 크고 선량한 얼굴이었다.

"이 길로 갑시다. 산책이나 등산한다고 이쪽으로들 가니까."

김씨는 하품을 해대면서도 망설임 없이 앞장섰다.

"이런 곳까지 등산하는 사람들이 와요?"

차상열은 새벽어둠과 찬 공기도 떨어내고 인기척도 낼 겸 말을 걸었지만 김씨는 랜턴 불빛만 흔들면서 앞으로 나아갔다. 이 친구도 묵언수행 중인가. 김씨가 중국 한구석의 연변에서 미국치고도 한참 외진 이곳까지 왔다는 사실을 생각하고는 미국이라는 나라에 건너온 사람들의 다양함에 다시 한 번 놀라지 않을 수 없었다. 듣지도 보지도 못한 온갖 나라, 온갖 인종들이 한사코 기를 쓰고 오고 싶어 하는 나라, 자신도 그중의 하나가 되어버렸다는 생각에 그는 잠시 우울했다. 그 바람에 엘에이의 연변동포들이 얼마나 되는지, 어떤 비자로 어떻게 여기까지 왔는지, 그런 걸 물어볼 마음도 가셔버렸다. 차상열은 기분을 바꾸어 보려고 심호흡을 크게 하며 걸음을 빨리 했다. 살갗에 닿는 공기가 그렇게 상쾌할 수가 없었다. 밟고 있는 땅은 황토색이 아니라 검었다. 깨어져 흩어진 돌무더기들도 그렇게 보였다. 바짓가랑이를 스치는 풀들은 이슬에 촉촉이 젖어 있었다. 갈림길이 나오자 두 사람은 잠시 멈추어 섰다. 길의 폭도 비슷했다.

"나누어집시다. 찾으면 랜턴을 흔들거나 소리치기로 하죠. 하긴 날이 밝아 오니 고함이 낫겠네요." 김씨도 다른 의견이 없는 모양이었다. 동쪽 하늘에서 불그레한 해 기운이 지평선에서부터 퍼져오고 있었다. 그는 바로 눈앞에 펼쳐지고 있는 자연의 힘에 눌려 잠시 걸음을 멈추었다. 나무들이 키가 크지 않아서인지 산등성이들의 윤곽은 매우 뚜렷했다. 솟아오른 바위들로 해서 어둠

을 벗어던지는 산자락의 윤곽은 매우 경이로웠
다. 지질학과라든가 지리학과를 졸업했다는 스
님이 몇 년을 헤매고 다니다 잡은 장소라니 명당
임에는 틀림없을 것이었다. 잠시 주위 경관에 정
신을 빼앗겼던 차상열은 점점 가늘어지는 길을
다시 걷기 시작했다. 보기보다 긴 능선을 오르내
리며 얼마를 더 걸었을까. 빛을 거의 다 잃어버린
랜턴 앞에 무언가가 보였다. 그는 천천히 다가가
며 살폈다. 좁은 길바닥에 대자로 쓰러져 있는 건
분명 사람이었다. 그는 몸을 돌려 "여기요! 여
기!" 하고 고함쳤다. 해가 산허리를 타 넘고 있었
다.

거의 김씨 혼자 쓰러진 사람을 업고 절로 내려
왔을 때는 아침공양 직전이었다. 공양주를 뒤따
라 동부인해서 온 영감님이 방으로 내려왔다. 테
가 두꺼운 안경을 쓴 그는 익숙하게 맥을 짚고 눈
꺼풀을 벗겨보았다.

"많이 쇠약해지긴 했지만 괜찮아요. 우선 미
지근하게 데운 물을 먹인 뒤 시간을 두고 요기를

하게 하세요. 몸을 따뜻하게 해주고."

영감님이 일어나며 덧붙였다.

"알코올 중독에 영양실조로 보이는데, 딱한 사람이로군."

차상열이 자기의 침낭을 다시 풀어 덮어주는 동안 누군가가 데운 물을 가져왔다. 그런 뒤 모두들 법당으로 가서 아침 식사를 했다. 아무도 말이 없었다. 물로 반죽한 오트밀을 쌀로 만든 음료수에 풀어먹었는데 넘기기가 힘들었다. 남길 수가 없어 겨우 먹기는 했지만 바리때를 부시면서 상열은 물로 배를 채웠다.

공양을 마친 남자들은 식탁에 둘러앉아 잠시 행방불명되었던 사람 이야기를 했다.

"깨우면 뭐라고 입을 열기는 하는데, 기억은 전혀 없는 모양이고 계속 잠만 자려고 하네요."

호영이 말했다. 잠든 사람을 깨워 억지로 오트밀을 몇 술 떠먹인 것도 그였다.

"기억이 있을 리 있겠어요. 맨정신이라면 혼자 밤길을 나가지도 않았을 텐데. 눈에 띈 것만도 천

만다행이지."

차상열이 말했다. 남시우는 자기처럼 병든 사람이 또 하나 이곳을 찾았다는 사실이 그냥 언짢았다. 그러면서 마음 한편으로는 그 사람처럼 걸을 수 있는 데까지 힘을 다해 걷다가 땅 위에서 숨을 놓지 못하는 자신이 싫기도 했다. 둘러앉은 남자들의 자리를 흩트린 것은 바위를 깨는 착암기 소리였다. 스님이 언제나 일하고 있다는 것, 그게 여기를 찾는 중생들을 불편하게 했다. 그들은 하나씩 흩어졌다.

7

법회가 열리기 한 시간 전쯤부터 한 대 두 대, 차들이 모여들었다. 대부분 가족 단위였다. 할아버지부터 손자까지 삼대가 미니 밴을 가득 채운 가족도 있었다. 밤을 여기서 보낸 사람들은 이제 그들 중의 일부가 되었다. 아주 오랫동안 예불을 드린 뒤에 주지승이 불상을 뒤에 두고 앉았다. 햇볕에 붉게 탄 얼굴 밑으로 수줍은 기색이 흘렀다. 설법이 아직도 그에게 부담스럽거나 천성이 겸손한 모양이었다. 그는 남북전쟁 때 게티즈버그에서 했던 링컨의 연설에 대해 말했다. 3분밖에 되지 않은 그 연설이 전쟁에 나선 군인들은 물론 국민들에게도 용기와 신념을 준 것은 무엇보다 짧았기 때문이라는 것, 진실은 간명하기에 3시간보다는 30분, 30분보다는 3분이 더 좋고, 말하지 않을 수만 있다면 침묵이 제일 좋다고 스님은 말했다. 설법은 그게 다였다. 이해를 했든 아니든 설법이 너무 짧았기에 아무도 자리를 털려고 하지 않았다. 스님, 하고 누군가가 입을 열었다. 법회에만 참석한 50대 남자였다. 그는 링컨 대통령의 연설문을 한국의 영어교과서에서 배운 적이 있는데 그걸 스님의 설법으로 오늘 여기서 듣게 될 줄은 꿈에도 몰랐다고 말했다. 감격스런 목소리였다. 스님이 계면쩍은 듯 미소만 짓고 있는데, 참된 침묵이라면 침묵이 병을 낫게도 하느냐고 누가 물었다. 설법은 물론이고 대화도 영어로 오갔기에 긴장해서 듣고 있던 차상열이 소리 난 쪽을 살펴보았다. 어젯밤 화장실에 쓰러졌던 사람이었다. 스님은 잠시 생각에 잠기더니 말했다. "그게 마음의 병이라면 침묵이 훨씬 낫습니다. 자기만이 그걸 털어 낼 수 있기 때문입니다."

스님이 먼저 자리에서 일어났다.

공양주가 준비한 음식과 법회에 참석한 사람들이 가져온 음식들로 점심상은 푸짐했다. 그대로 법당에 둘러앉아 뷔페식으로 음식을 덜어 먹었다. 호영과 차상열은 아픈 사람을 깨워 나오느라 조금 늦었다. "괜찮으세요? 많이 잡숫고 기운 내세요." 주지스님이 웃으며 한국어로 말했다. 민성태도 객쩍은 미소를 지어 보였지만 마음만큼 얼굴 근육이 잘 풀리지는 않았다. 그러나 그는 주위 사람들에게서 시선을 받을 정도로 왕성한 식욕을 보였다.

"천천히 드세요. 시간은 많으니까……." 차상열이 한마디 했다.

"스님, 저번 상량식 이후 처음인데 생각보다 대웅전 공사가 빠른 것 같습니다."

이번에는 여자 한 분이 말했다.

"그게 유일한 걱정거리입니다."

좌중에 웃음이 터졌다. 식사를 하면서도 불편해 오는 다리를 조심스레 주무르던 남시우도, 이제 겨우 제정신이 돌아온 꾀죄죄한 몰골의 민성태도 크게 따라 웃었다. 예불과 참선, 잠자는 시간 외에는 선적으로 대웅선 싯는 일에 매달린다는 스님 스스로가 자기 작업의 속도가 걱정이라니. 어느 날 아침 씻은 듯이 고통이 사라져서 그게 걱정이 되거나, 복권이라도 당첨되어 소식을 끊은 아내와 자식이 찾아오는 게 오히려 걱정이 되었으면 하는, 그런 기대를 두 사람은 제각기 하고 있었다.

아침에 온 사람들이 대부분 대웅전을 살피거나 식당에 앉아 있는 동안, 밤을 여기서 새운 이들은 아래층으로 내려가 짐들을 챙겼다. 미국인 부부는 보이지 않았다. 넓은 지하 거실에는 소파가 넉넉하게 놓여 있어 사람들은 자연스레 거기에 앉았다. 일찌감치 앉아 머리를 기대고 쉬던 민성태는 과식으로 숨이 가빴다. 그는 또다시 잠에 떨어졌다.

어젯밤 그는 법당으로 돌아가지 않았다. 술을 한 모금 할 생각은 분명히 있었다. 차 문을 열면서 그는 잔뜩 몸을 웅크린 채 말간 구름 속에 가려진 달을 한참이고 쳐다보았다. 원망도 회한도, 그리고 몸과 마음도 다 놓아버리고 싶은 마음이 든 건 그때였다. 그는 술병을 꺼냈다. 얼마 남지 않았지만 싸구려 술이 대부분 그렇듯 병은 매우 컸다. 그는 다정한 애완동물을 쓰다듬듯 그놈의 허리를 만져보고는 마개를 열어 서두르지 않고 조금 마셨다. 술이 바닥날 때까지 걸을 수 있다는 건 커다란 위안이었다. 그는 어둠 속에서 산길을 따라 그냥 걸었다. 산을 벗어나지 않아도 좋았고 길이 다하여 모래땅이 되어도 좋았다. 그저 이 깜깜 어둠이 사라지지 않을 동안에 짐승 같은 자신의 넋과 육신이 거대한 적막의 아가리를 벌리고 있는 이 어둠 속에 먹혀들기를 바랄 뿐이었다. 때때로, 사기를 당한 건 그렇다 치더라도 가정과 자신의 육신이 다 망가졌다는 걸 도저히 받아들일 수 없어 울다가 눈물이 다 마르면 벽에 이마를 찧어대기도 했다. 어머니 생각과 더불어 몇 푼을 벌어서거나 구걸하여 술을 사야 할 때마다 그는 죽어버리고 싶었다. 그러나 두려워서, 지금껏 더러운 목숨을 부지하고 있었다. 그러므로 자신은 죽어야 했다. 이 짐승 같은 어둠이 아가리를 벌리고 있는 이 땅이 그럴 곳이었다. 술이 마지막 한 방울도 남지 않았다는 걸 아쉽게 확인하고 술병을 던진 뒤부터 그의 발길은 허둥대듯 빨라졌다. 정말 아무도, 아무것도 없이 어둠 속에 혼자 내던져진 것이었다. 무서움에 떠밀리듯 돌아서지도 못하고 그는 내처 앞으로 걸었다. 정신없이 허덕거리며 한동안 그렇게 걷다 어느 순간 돌부리에 걸려 넘어졌는데 그만 일어날 수가 없었다. 아직 지치지도 않았는데, 더 걷다가 쓰러져야 하는데, 그는 그런 생각만 끊임없이 되뇌면서 어느덧

정신을 놓아버렸다.

　다른 사람들은 순식간에 깊은 잠에 빠진 민성태 쪽을 한 번씩 바라보며 말없이 앉아 있었다.

　"이 양반 발가락이 이상하네."

　무심코 바닥에 눈을 두었던 차상열이 말했다. 오른쪽 양말 엄지 부분이 말려 올라간 채 비어 있었다. 모두들 잠든 사람의 발을 내려다보았지만 곧 외면했다. 차상열은 무안해졌다.

　"인디언을 만나러 갔던 거 아닐까요? 그들의 혼령이 불렀는지도 모를 일 아닙니까."

　"허허, 그럴지도 모르겠군요."

　차상열의 우스갯소리를 영감님이 받았다.

　"오시는 길에 풍력발전기 보셨죠? 테하차피는 인디언 말로 바람의 언덕이래요. 거기다 이곳이 그들의 성지이기도 했다니 잠든 저 분이 어젯밤에 무턱대고 산에 가신 건 아닐 거라는, 그런 생각도 해볼 수는 있겠는데요."

　그때 공양주가 그들 자리로 왔다.

　"잠이 드셨나? 괜찮을까요?"

“쉬고 나면 당장 걱정할 건 없어요. 깊은 병이야 스님 말씀처럼 혼자 다스려야 하는 거구.”

영감님이 웃으며 말했다.

“돌아갈 때 앞뒤로 서서 조금 살펴보도록 합시다.”

운전이 걱정인 남시우가 말했다. 공양주도 그 생각을 했는지 “그러세요. 5번까지는 어느 정도 같이 가실 테니.”라고 거들었다. 호영과 차상열이 “그러죠.” “그래야지요.”라며 고개를 끄덕였다.

“매달 첫주 금요일부터 일요일까지가 용맹정진 기간이라는 걸 모르고 오시는 분들이 많은 것 같아요. 일반 사찰과는 조금 달라요. 젠 센터니까.”

영감님을 제외하고는 모두들 고개를 끄덕이거나 “그래요?”라고 반문했다. 남시우는 자기에게는 무리라고 생각했고, 호영은 때를 잘 맞추어 와서 다행이다 싶었다.

“저잣거리 중생들은 첫 금요일만큼은 피해야

겠군요."

차상열이 웃으며 말을 이었다.

"미국인이 한 분 계시던데 벌써 가셨나 보군요. 그런 분들이 더러 오시나요?"

"샌디에고라 길이 멀어 먼저 가셨어요. 그분은 부인 따라 온 게 아니라 자신이 먼저 다른 나라의 선불교를 접해보신 분이에요. 미국인들이 더 많이 찾아주었으면 하는 마음은 스님도 갖고 계시겠죠. 그러나 직접 나서지는 않으세요. 절도 다 짓고 시간이 가면 자연스레 된다는 마음이시겠지요."

"근데, 다른 스님 한 분은?"

"이태리 분이신데 얼마 전에 한국서 오셨어요. 원래는 티베트 불교를 배웠는데 마음에 차지 않으셨나 봐요."

잠시 침묵이 흘렀다. 남편을 찾으러 노부인이 계단을 내려왔다.

"이 양반에게는 지금 잠이 약이니까 십 분이라도 더 재우시구려. 인디언 이야기, 하나만 더 할

까요."

민성태에게 눈길을 주며 일어나던 영감님이 다시 소파에 몸을 묻었다.

"왜 신문왕이라고 불렸던 허스트라는 부호가 있지 않습니까? 바로 그 부친이 인디언을 만나 부자가 된 사람이에요. 그 양반이 젊었을 때 서부를 헤매다 병이 들었는데 어느 인디언의 도움을 받았답니다. 병이 낫고도 그 인디언과 제법 같이 시냈나 봐요. 헤어질 때 허스트는 금광 찾는 비법을 완전히 전수받았던 거지요."

그는 자리에서 일어났다.

"그렇다고 이 사람에게 그런 이야길랑 절대 하지 마시오. 여러분들도 산으로 들어가서는 안 되고, 허허허."

웃음 속에서 노부인이 남편에게 부처님 앞에서 쓸데없는 소리를 한다고 가벼운 핀잔을 주었다.

"난 당장 가고 싶은데요."

차상열이 어깨를 쫙 펴면서 말했다. 그러나

웃음은 이어지지 않았다. 공양주가 일어나며 말했다.

"이분 깨거든 같이 출발하시지요."

어제 오후부터 밤까지 앞서거니 뒤서거니 혼자 절을 찾았던 네 남자만 남았다. 아무도 말이 없었다. 소파에 그저 몸을 깊이 묻고 있었다. 잠든 사람의 코 고는 소리가 제법 높아질 때까지 그들은 그렇게 파묻힌 듯 앉아 있었다.

"여기가 젠 센터라니까 이 양반의 깊은 잠도 선의 경지에 든 것 아닌가 모르겠네. 깨웁시다."

지루해진 차상열이 나섰다.

"일어나세요! 슬슬 떠납시다. 테하차피 인디언은 다음번에 혼자 와서 만나시고!"

어깨를 흔든 것도 아닌데 자던 사람은 쉽게 눈을 떴다.

"내가 깊은 잠에 빠졌었지요? 달게 잤네요."

민성태는 겸연쩍은 미소까지 지으며 바로 일어나 앉았다.

그들이 밖으로 나왔을 때 해는 한층 뜨거워져

있었고 그 폭염을 뚫고 다시 착암기 소리가 산을 울렸다.

"저러다가는 절도 다 짓기 전에 부처 되시겠어. 돌 깨는 소리가 마치 속인들은 어서 사바세계로, 거기가 너희들 땅이니 어서 떠나라는 그런 소리로 들리는구먼."

차상열이 한마디 했지만 아무도 대꾸를 하지 않았다. 침묵은 주차장까지 계속되었다. 이 양반들이 아직도 용맹정진 중인가, 한마디 더 싱거운 소리를 꺼내려다 차상열은 입을 다물었다. 이곳에서 보낸 시간이 이들에게 어떤 식으로든 강렬한 힘을 주었을지도 모른다는 생각이 문득 들었기 때문이다. 자기 혼자만 건성이고 구경꾼이었다는 생각도 물론 들었다. 제각기 다른 사연으로 모였으니 그것도 괜찮다고, 그는 고개를 끄덕였다. 그때, 어젯밤 좌선이 모두 끝났을 때 숙제 걱정을 했던 생각이 났다. 자신이 미국에 온 것부터가 숙제를 풀기 위한 것일지도 몰랐다. 그리고 아직 숙제는 남았다 해도 그게 자기 자신의 행복이

빠진 문제여서는 안 된다는 생각까지는 들었다. 나도 이들과 한패였구나, 상열은 괜히 기분이 좋아졌다.

네 사람은 제각기 차에 올랐다. 바디가 다 삭아 빠진 민성태의 고물 차가 앞서고 남시우, 김호영, 차상열 그런 순서로 절을 빠져나갔다. 흙길에서는 먼지를 덮어쓰지 않을 만큼 거리를 두었다가 포장도로에서는 가까이 붙었다. 프리웨이에 오르고도 넉 대의 차는 내내 한 줄로 갔다. 모하비 마을에서 남시우의 차가 먼저 빠졌다. 그리고 14번으로 갈아탄 얼마 뒤 민성태의 차가 속도를 줄이더니 앞서 가라는 손짓을 했다. 호영과 상열은 차를 잠시 멈추었다가 "괜찮겠어요?"라거나 "천천히 오세요!" 라고 한마디씩 하고는 떠났다. 그리고 두 사람도 차량이 많아진 엘에이 방향의 5번에 올라선 뒤 서로를 놓치고 말았다.

어렵고도 쉬운 일

　　문을 연 준섭은 깜짝 놀랐다. 너무 많은 사람들이 병실을 채우고 있었다. 가족들의 얼굴은 보이지 않았다. 엘리베이터를 타기 전에 수첩에 적어둔 호실을 확인하고 병실 앞 명찰에서 부친 이름까지 확인했는데도 문을 잘못 연 기분이었다. 웬 사람들이 이렇게 많담. 그것도 모두 여자들이었다. 물론 2인실이니까 다른 환자 가족일 테지만 발을 들여놓기가 망설여질 정도였다. 입구 쪽에서 있던 몇 사람이 그에게서 눈길을 거두자 "누가 왔노?"라는 어머니의 목소리가 안쪽에서 들려왔다.

　　입구 쪽 침대를 둘러싸고 있던 이들이 한 걸음

씩 당기는 시늉을 하여 길을 만들어 주었지만 그의 어깨와 배는 여자들의 등과 엉덩이에 닿을 수밖에 없었다. 그의 키가 여자들보다 컸으므로 일개 분대는 착실히 되어 보이는 가족들에 둘러싸인 환자를 잠깐 볼 수 있었다. 환자는 흰 모자를 쓴 것처럼 머리를 붕대로 칭칭 감고는 침대에 비스듬히 누워 있었다.

그는 등받이 없는 의자에 앉아 있는 어머니에게 눈인사를 건넨 다음, 산소마스크를 쓴 재 침대에 반듯하게 누워 눈을 감고 있는 부친을 보았다.

"여기 앉아라."

모친이 옆에 있던 의자를 끌어당겼다. 그는 고개를 흔들며 옆 침대에서 등을 돌린 채 그대로 서 있었다.

"회사서 오는 길이가?"

"그렇죠. 주무시나 보네."

"수면제 주사를 놨는지 계속 주무신다. 하긴 집에서도 감기 들고 나서는 자는 건지 뭘 하는 건지 늘 이렇게 누워계셨다."

"의사가 뭐래요?"

"니 형이 따라다니면서 오후 내내 검사했다. 저녁에는 내과의사가 다녀가면서 폐렴에다 심장이 안 좋다고 하더라."

"감기 끝에 폐렴이 왔나? 심장 안 좋다는 소리는 처음인데."

"나이가 있으니 안 좋은 데가 한두 군데겠나."

무슨 검사를 했는지, 어떤 상태인지는 형에게 더 자세히 물어볼 일이었다.

"형님은?"

"수영은 잠시 일 하나 보고 들온다면서 조금 전에 나갔다."

형이 오랫동안 살고 있는 동네가 수영동이라 모친은 그렇게 불렀다.

"누나는 알고 있어요?"

"입원실 정해 놓고 전화했으니 천천히 안 오겠나. 막내한테는 니 형이 알렸는지 모르겠다."

준섭은 누나, 형 다음으로 셋째였고 밑으로 남

동생이 하나였다.

"내가 좀 있다 연락해 볼게요."

그때 옆자리 침대를 둘러싸고 있던 가족들이 물살 갈라지듯 일시에 움직이면서 웅성대던 소리도 뚝 끊어졌다. 몸을 돌려보니 간호사가 들어와 옆 침대 환자의 링거 병에다 약물을 투여하고 있었다. 그제서야 준섭은 옆의 환자가 눈을 뜨고 있다는 것, 그러면서도 말은 하지 않고 있다는 사실을 알았다.

"자, 아버지. 여기 보세요!"

간호사가 큰 소리로 말했다.

"제가 누구예요? 딸이에요? 맞으면 아래위로, 아니면 고개를 저어 보세요!"

준섭의 시선에 환자의 어떤 움직임이 확실하게 들어오지는 않았지만, 곧이어 "아니라는데!" "그럼 그렇지. 우리 아버지가 딸인지 아닌지도 몰라봐!" 그런 반가움에 들뜬 목소리들이 터져 나왔다.

"그럼, 막내 따님이 누구예요? 손으로 가리켜

보세요."

잠시 침묵이 흐르고 환자가 어떤 표시를 했는지 "와!" 하는 소리가 터져 나왔다.

"그럼, 다시 절 보세요. 아버지!"

간호사의 말에 병실은 다시 한 번 가라앉았다.

"아버지, 제가 손가락 펼치는 걸 보고 따라해 보세요. 자, 세 개!"

조급하고도 단내 나는 시간이 흐르더니 박수 소리와 환호성이 터져 나왔다.

"집에서 저녁 잘 먹고 테레비 보다가 그냥 쓰러졌다는데 수술 받고 몸 한쪽은 돌아오고 한쪽은 아직 안 돌아왔단다. 그만 해도 다행이지."

고개를 다시 돌린 준섭에게 모친이 목소리를 낮춰 말했다. 입구 명찰에서 성은 서씨고 나이는 부친보다 열두 살 적은, 띠 동갑인 걸 보았었다.

"왔나?"

그때서야 부친이 눈을 뜨고 말했다.

"어떠세요? 머리는 안 아프세요?"

"괜찮다. 물 좀."

　그러면서 부친은 산소마스크를 벗었다. 침대 위쪽을 높게 해놓아 부친을 일으킬 필요는 없었다. 준섭은 탁자 위에서 뚜껑 사이로 빨대가 매달려 있는 투명 플라스틱 물잔을 부친의 턱 앞에 받쳤다. 약간 푸르스레한 입술은 바싹 메말라 있었다.

　"뭘 먹어도 좋다고 해서 주스도 사다 놓았는데 물만 고집한다."

　모친이 나서자 빨대를 입에서 빼낸 부친이 "마시고 나면 입이 텁텁해서 그러지."라고 말했다. 부친은 혼자서 산소마스크를 쓰고는 할 일이 없다는 듯 다시 눈을 감아버렸다.

　준섭이 모친의 전화를 받은 건 어제 오후 5시 무렵이었다.

　"니 아버지가 넘어져서 잠시 졸도를 했다." 어머니의 첫마디였다.

　"그래요? 지금은?"

　준섭은 소리를 높였다. 외근에서 돌아온 직원들이 일일 정리를 하느라 사무실이 부산한 가운데 전화는 휴대폰으로 걸려왔다.

"점심 채려주고 물리치료 받고 와서 보니 주무시고 있더마는. 일하는 아줌마 보내고 좀 뒤에 부엌에서 차 한 잔 타서 마시려는데 무슨 소리가 나서 돌아보니 아, 니 아버지가 화장실 다녀오던 길인지 마루에 넘어져 안 있나. 내가 다가가서 보소, 하고 부르니 금방 눈을 뜨데. 의식은 바로 돌아왔지. 그래서 전화도 인제 한다. 지금은 주무시는데, 내일 큰 병원엘 가봐야 되는 거 아닌가 모르겠다. 니 형한테 전화하니 울산 있단다. 급할 건 없다고 말해 두긴 했다만, 밤에 무슨 일이야 있겠나……."

한참 둘러가는 모친 말을 가운데서 끊으면 이야기가 더 더디어진다는 걸 알기에 그는 참을성 있게 기다렸다.

"일단은 다행이네요. 제가 마치는 대로 가볼게요."

감기가 들어 한 며칠 동네 병원에 다니신다는 건 알고 있었지만 졸도라니 뜻밖이었다. 머리를 다치지는 않았는지, 병원에는 다녀왔는지, 전화를 끊고서야 그런 궁금증이 일었지만 그는 되묻기를 그만두었다. 약속 하나를 다른 날로 미루고 바로 본가엘 갔다.

"뭐 하러 왔노, 집에 바로 안 가고."

그가 방문을 열고 들어서자, 부친이 잠옷을 여미며 일어나 앉으면서 말했다.

"넘어지셨다면서요? 머리나 어디 뼈는 안 아프세요?"

"괜찮다." 그러면서 부친은 혼자 일어나 화장실로 갔다. 옆에서 어깨 밑을 부축하려고 하자 부친은 손을 저어 물리쳤다. 걸음도 예사로웠고 행동거지도 별로 다르지 않았다.

"병원엔 언제 가셨어요? 감기 때문에 요즘 병원 다니시잖아요."

다시 자리에 누운 부친에게 준섭은 말을 건넸다.

"어제 가서 주사 맞고 이틀치 약 타왔다. 이번 감기는 오래 간다더라."

그러면서 부친은 잔기침을 몇 번 했는데 숨이 조금 가쁜 듯했다.

"넘어지실 때 기억나세요?"

"화장실 갔다 나오는데 조금 어지럽더라. 벽을 붙잡고 그대로 주저앉았는데 부딪힐 데가 어데 있노."

"내가 가보니 반듯하게 누워 있던데요." 모친이 나섰다.

"그때는 내가 바로 누웠을 때지."

"쿵 하고 무슨 소리가 난 건 아니니까 앞으로나 뒤로 넘어지지는 않았을 거다. 아나 어른이나 밥심이 있어야 하는 긴데 감기 들고 나서는 한 공기를 못 자시니 무슨 힘을 쓰겠노? 그래서 넘어졌는지도 모르지."

"내가 앉았다 안 하나."

부친이 말했다. 양친의 말이 서로 크게 다른 건 아니니 그쯤 해두는 수밖에 없을 것 같았다.

"김내과에서 열이 있다 합디까?"

"조금 있지. 숨이 한 번씩 가쁘네."

형이 전화를 한 건 10시가 지나서였다. 모친상 당한 친구 문상 왔다 지금 출발한다고 했다. 준섭은 부친의 상태를 대충 설명하고는 내일이라도 대학병원에 가보는 게 좋을 것 같다는 말을 보탰다.

"왜 졸도를 했는지는 알아봐야지. 그런데 감기로 쇠약해져 있는 상태에서 찬바람 쏘이고 몇 시간 기다리는 게 어떨지는 모르겠다."

형은 그 말과 함께 부산에 몇 시에 도착할지, 그리고 본가에 늦지 않게 도착할 수 있을지 모르겠다는 말을 했다. 형제간에 오가는 말을 듣고 있던 모친이 그에게서 전화기를 넘겨받아 오늘 밤에는 오지 말고 바로 집으로 가라, 그리고 내일 시간을 내서 대학병원에 모시고 가보라는 말을 하고 전화를 끊었다.

"니도 그만 가거라. 내가 밤에 오줌 누러 몇 번은 일어나니 그때마다 방에 가 보몬 된다."

결국 그는 거실과 부친 방을 오가다 11시 지나 집으로 돌아갔고 다음날 눈을 뜨자마자 본가로 전화를 해서 별일 없었다는 모친의 말을 들었다.
그러고는 출근을 한 뒤 형과 통화했다. 형은 대학
병원에 가 보기로 했다고 말했는데 그길로 입원
까지 하게 된 것이다.

　병실이 갑갑했지만 모친 혼자 두고 나갈 수도
없고, 나가 보아야 복도나 서성거릴 수밖에 없을
테니 그것도 금방 따분할 것이었다. 모친이 눈치
를 챘는지 "언제까지 서 있을 거고? 여기 앉아 요
구르트나 하나 마셔라." 하면서 냉장고에서 음료
수 두 개를 꺼냈다.
　옆 침대 가족의 물결이 잠시 술렁인다 싶었는
데 동시에 "여기가 연산동 사는 상민이 할아버지
입원실이 맞는기요?!" 라는 목소리가 병실을 가
득 채웠다. 준섭의 누나였다. 동생과 눈이 마주친
그녀는 "우리 아버지 병실이 맞네!" 라면서 다른
침대를 둘러싼 이들에게는 눈길 한 번 주지 않고
곧장 안으로 들어왔다.
　"야야, 목소리 낮차라. 어디 잔칫집 왔나. 다른

환자도 있는데." 모친이 딸을 나무랐다.

"중환자실도 아니고 신경과 병실인데 뭐. 아버지 눈 떠보이소."

딸의 호들갑에 부친은 마지못한 듯 눈을 잠시 뜨고는 "괜찮다, 뭐하로 왔노."라는 말만 했다.

"감기라드만 무슨 졸도고. 의사 말은 누가 들었노, 니는 모르제? 현기애비는 어데 갔노?"

"잠시 나갔다. 폐렴에 심장이 안 좋단다. 사진 찍고 검사하고 그랬으니 내일이나 모레나 좀 더 자세한 게 나오겠지."

모친의 말에 딸은 동생의 팔을 잡고는 "엄마 말만 들어 가지고 되나. 간호사실에 가서 더 물어보자."라면서 몸을 돌렸다. 준섭도 끌리듯이 제 누나 뒤를 따랐다.

"아이구, 무슨 식구들이 저리 다 몰려 나왔노. 아버지가 제대로 잠이나 주무시겠나."

"뇌경색이 왔는지 테레비 보다 쓰러졌대요. 수술하고 오후에 나왔나 본데 의식이 돌아왔는지 숫자 세고 자식 얼굴 확인하고, 그런 거 물어보데. 말문은 아직 안 열렸고.”

“저 나이에 저러면 우짜노. 그게 비하면 아버지는 환자도 아닌 것처럼 보인다.”

남매는 병동 간호사실 앞에 섰지만 아무도 보이지 않아 말을 더 나눌 수 있었다.

“어쨌거나 노인들은 겨울을 잘 넘겨야 한다. 그러면 한 해는 또 무사히 보내는 기다. 그나저나 한 병실에서 저 많은 식구들하고 어찌 지낼지 그기 걱정이네.”

간호사 둘이 서로 반대되는 방향에서 걸어왔다. 준섭의 누나가 그들이 서 있는 쪽으로 들어선 간호사에게 말을 걸었다.

“바빠도 할 수 없고 안 바쁘면 더 좋고, 912호실에 임재구 할아버지 가족인데 상태가 어떤가요? 그리고 병명은 뭐예요?”

안경을 낀 둥근 얼굴의 간호사는 책상 위에다 의료기구들을 내려놓고는 차트를 찾았다.

“할아버진 순간 졸도를 하셨는데 그건 검사결과가 나와 봐야 원인을 알 수 있을 테고, 폐렴에 부정맥이 있어요."

"폐렴요? 열은 높아요?"

"좀 높은 편이네요."

"심장이 안 좋다는 거는?"

"좀 불규칙하다는 거죠."

간호사는 차트를 제자리에 넣어두고는 자리로 돌아갔다. 남매가 바로 병실로 돌아갈 것인지 어쩔지, 무슨 말을 나누어야 할지 망설이고 있을 때 맞은편 엘리베이터 문이 열리고 준섭의 형 건섭이 나왔다.

"형님 오시네."

"현기애비야!"

세 남매가 복도에 모여 섰다. 감색 반코트를 입은 건섭은 동생에 비해 체구가 좀더 크고 이목구비가 반듯했다.

"진찰받고 입원시킨다고 고생했재. 아버지가 폐렴에 심장도 안 좋다면서?"

누나의 말에 건섭은 "그렇다네요."라고 간단히 답하고는 "저쪽 복도에 의자들이 있던데, 그

리로 가지요. 참 어머니가 병실에 계시재?"라고
동생을 돌아보며 말했다.

엘리베이터를 마주보고 있는 로비에서 오른쪽
으로 꺾자 넓은 공간이 나왔고, 환자들과 가족들
이 모여 있었다. 환자들은 대부분 휠체어를 타고
있었지만 환자복을 안 입었으면 멀쩡하게 보이
는 사람들도 눈에 띄었다.

"나는 커피 한 잔 해야겠다. 누구, 마실래?"

누나가 자판기 쪽으로 걸어가자 건섭이 "나도
한 잔." 하고 부탁했다. 두 사람은 종이컵을 든
채 의자에 앉았고 준섭은 링거 팩을 매단 채 게임
에 열중해 있는 초등학생 옆에 붙어 앉기가 애매
해서 서 있기로 했다.

"오늘 신경과에 가서 초음파로 뇌혈류 측정검
사 하고 시티도 찍고 여러 가지 검사를 했어요.
검사 결과는 나와 봐야 알겠지만 크게 걱정은 안
해도 될 것 같다고 말하더군요. 그런데 입원 수속
하고 나서는 내과의사가 와서 가슴 사진에 침윤
이 보이고 열도 높고, 심장도 많이 약하다고 그

162

럽디다.”

“내과로 갈 걸 신경과로 갔단 말이가?”

누나가 묻자 건섭은 “동네병원에 가서 졸도 이야기를 했더니 신경과로 의뢰서를 떼어준 거지요.”라고 말했다.

“아버지가 저번 목요일에 목욕하고 나서 다음 날 한기가 들었다면서. 그런데 김내과에서 폐렴인 줄도 몰랐단 말이가? 단골병원인데.”

“그럴 수도 있겠지요. 엄마 말씀이 요즘은 밥도 많이 못 자신다 하니 이래저래 쇠약해진 상태에서 넘어지기도 하고 그런 거겠지요.”

제 누나 말을 준섭이 받으며 그렇게 의견을 내놓았다.

“나이 든 사람한테는 폐렴이 무서운 거 아닙니까. 우선 열부터 잡아야 한다는데……. 지금 쓰는 약이 들으면 다행인데 안 그러면 또 다른 약을 써야 하고 그러면 그만큼 내성이 생기고, 그렇답니다.”

건섭이 다 마신 종이컵을 손으로 구기며 말했

다.

　형제들은 잠시 시선을 마주치지 않은 채 침묵했다. 그동안에도 "다음 주에" "백 팔십 만원" "내일 서울 간다고?" 등의 통화 소리들이 휴게실을 떠돌았다.

　"뭔가 크게 잘못돼서 졸도한 게 아니라면 폐렴 잡고 기력 도우면 되는 거 아니겠나. 아버지가 본래 저혈압이지."

　"누나가 의사네요. 진단도 하고 처방까지 하니."

　준섭이 웃으며 말하자 "하긴 아버지 연세로 보면 탈 안 날 데가 어디 있겠노. 그동안 그래도 건강하게 지내오신 거지." 하고 건섭이 받았다.

　"나이가 있으시니 고비도 오겠지. 그나저나 병실부터 옮겨야 안 되나? 저리 소란스러워서야 어디."

　"오늘 수술하고 나와서 저렇지 매일 저러겠어요. 내과하고 신경과하고 서로 의논해서 치료를 하겠지요."

"별의별 환자 다 모이는 내과병동에서 어떤 고약한 사람 만날지 모르는데 차라리 숫자나 세면서 말없이 누워 있는 사람이 나을지 모르잖아요."

형제들은 돌아가며 한마디씩 했다. 누나는 "그건 그렇겠다. 오늘은 누가 잘래? 현기애비가? 어머니 기다리시겠다."라면서도 쉬 엉덩이를 들지는 않았다.

"참, 내과에는 특진 신청을 안 했지요?" 하고 준섭이 말을 꺼냈다. 잠깐 무엇을 생각하는 표정이던 건섭이 "신경과에는 특진신청을 했지만 내과에는 무슨 의논을 했던 건 아니고……."라고 답했다.

"참, 고모집 종순이 남편이 이 대학 교수 아니가. 거기 한번 알아보지. 폐렴이 호흡기가 순환기가? 그쪽 전문 교수가 있을 거란 말이다."

"그건요."

그제야 제대로 정리가 되었는지 건섭이 말했다.

"아버지를 보는 의사가 호흡기내과 전문의랍
니다. 교수만 아니다 뿐이지 전문의인데……."
"그래도 교수가 나은 거 아니가?"
"담당의사를 바꾸는 건 곤란할 텐데……."
준섭이 말했다.
"그건 내가 종순이 동생한테 부탁해 볼게. 의
사를 못 바꾸더라도 교수가 한번 살펴봐 줄 수는
있는 거 아니가. 제 남편이 교수라고 심심하면 자
랑하던데 이번에 덕 좀 보지 뭐."
"고모집네 매형은 공대에 있는데 잘 아는 의대
교수가 있을까? 같은 대학이라 해도 교수가 오백
명이 넘을 텐데."
"아이구, 야야. 우리나라는 두 다리만 건너면
다 알게 되어 있다. 부탁해보는 거지 어데 억지로
꼭 되게 해라카나. 난 병실에 가 볼란다."
누나가 일어선 뒤 남동생 둘은 별 나눌 말도 없
이 서고 앉은 채 그렇게 잠시 시간을 보냈다.

다음 날, 새벽 5시 좀 지나 간호사가 열과 혈압

166

을 재고 링거 팩을 바꾸면서 "여섯 시 되면 일층 방사선과에 가서 가슴사진을 찍으세요."라고 말했다. 건섭은 간호사를 따라 나가 "열은 어떻습니까?"라고 물었다.

"39도 2부, 별 차이가 없네요." 간호사는 차트를 보지도 않은 채 말하고는 옆방으로 들어갔다.

건섭은 밤에 여러 차례 물을 찾고 또 화장실에 가는 부친 때문에 잠을 설쳐 머리가 무거웠다. 그래도 면도를 하고 머리까지 감고는 밝은 얼굴로 부친을 일으켜 화장실로 데리고 가서 세면하는 걸 도왔다.

옆자리 환자 가족은 지난밤 11시 지나 한 차례, 자정을 넘기고 또 한 무리가 빠지더니 큰 사위라는 친구가 남아 제 장인을 지키고 있었다.

엑스레이를 찍고 병실로 올라오니 옆자리의 환자 부인이 그새 와서 아침 준비한다고 부산을 떨고 있었다.

8시쯤 회진이 있었는데 신경과 교수는 크게 걱정하지 않아도 된다는 말만 했다. 30분 뒤에 어제 오후에 보았던 내과의사가 왔다. 들을 말은 그쪽이 더 많았다.

"연세가 계시니까 시간이 좀 걸리겠습니다. 금방 좋아지는 건 아니니까 많이 자시고 마음 느긋하게 잡수세요." 차트를 살피고 청진기를 등에 대본 뒤 의사가 말했다. 건섭의 부친이 갈증이 나고 입이 자주 마른다고 하자 의사는 그건 걱정할 게 아니라고, 미지근한 물이나 차지 않은 주스를 드시고 싶은 대로 드시라고 말했다.

건섭은 복도에서 의사를 붙잡았다.

"열이 안 내리는데, 가슴 사진은 어떻습니까?"

"하루 만인데 큰 차이가 있겠습니까, 심장도 그렇고. 드러나는 것만 우선 얘기할 수 있겠지만 전체적으로 모든 기능이 떨어지실 연세라는 걸 감안하셔야죠. 사진은 괜찮습니다."

결국 노환이구나, 건섭은 그렇게 결론 내릴 수밖에 없었다.

회진이 끝나자마자 기다렸다는 듯이 누나와 동생에게서 전화가 왔고 건섭은 보고 들은 대로 말했다.

그리고 10시쯤에 그는 고향에 전화까지 하게 되었다.

9시 지나 10분 정도 간격으로 병실에 들어선 모친과 누나는 집에서 각자 해온 깨죽과 전복죽을 번갈아 내밀었지만 부친은 제대로 들지를 못했다.

"의사 선생님이 많이 자시라 안 합디까. 아침도 국에 말아 조금 사셔놓고……."

건섭이 걱정을 하자 부친은 "안 땡기네."라고만 하고는 입을 닫았다.

얼마 뒤 부친이 잠든 걸 알고는 모친이 딸과 아들에게 밖으로 나가자는 눈짓을 보냈다. 그러고는 어젯밤 세 남매가 모였던 휴게실로 가서 이야기를 나누었다.

"이게 고비든 아니든 미루었던 걸 이번에 결정 지아라."

모친은 묏자리를 이야기하고 있었다.

"입원했다고 야단 지기는 게 아니라 오히려 늦

었다고 봐야 한다. 어차피 해야 할 일이니 이번에 결정을 봐라.”

“어제 입원했는데 와 이리 서두노, 엄마.”

누나가 건섭을 살피며 말했다.

“설 쇠면 여든다섯 되시는데 서두는 것도 아니지요. 그보다⋯⋯.”

선산이 있어 부친은 당연히 그리로 가도록 정해져 있었지만 장소가 애매했다. 부친이 쓰러지셨다는 전화를 받고 건섭이 맨 먼저 생각한 것도 그 문제였다.

건섭의 부친은 7남매, 5형제 중의 넷째였는데 형제분들이 순서대로 가신 게 아니다 보니 묘역을 효과적으로 쓰지 못하고 말았다. 맨 먼저 돌아가신 분은 셋째 숙부였는데 자리를 너무 아래쪽으로 쓰다 보니 위의 백부와 중부 자리는 거리도 있고 넉넉했지만 5년 전에 돌아가신 막내숙부는 거의 길가로 내려오게 되어버렸다. 위로 올라갈 수는 없으니 셋째 숙부와 막내 숙부 사이 어디로 정해야 하는데 공간이 너무 협소했다.

추석에 성묘 갈 때마다 자리가 나지 않는다는
데는 부친도 동의하고 있었지만 다른 장소를 딱
부러지게 결정짓지는 못하고 있었다. 모두가 생
각을 모으고 있는 방안은 두 가지였다. 하나는 건
섭의 원 종가에서 쓰는 선영 발치의 어느 자락에
드는 것이고 다른 하나는 백부나 숙부들이 누워
있는 곳 바로 옆의 등성이에서 자리를 찾는 일이
었다. 거기에서도 두 곳 정도가 말이 나와 작년에
는 지관을 데리고 가 보기도 했지만 결정을 지은
건 아니었다.

부친이 건강상 큰 탈 없이 지내다 보니 성묘 때
나 집안의 기제사 때 어쩌다 한번씩 말이 나왔다
가 들어가고, 그렇게 한 해 한 해를 보내오고 있
었다.

"성묘 가서 아버지하고 나눈 이야기는 있을 거
아이가?"

모친은 이야기까지 서둘고 있었다.

"큰집 선산하고 우리 선산, 그걸 먼저 정하라
면 뒤쪽으로 해야 될 거 같네요. 그건 저번에 동

생들하고도 대충 이야기가 되었고, 아버지도 당신 혼자 너실 큰집 쪽으로 갈 마음은 없으신 듯하니까. 우리 선산 쪽은, 아버님도 장소를 알고 계시는데, 둘 중 어디로 해야 할지 그것만 이번에 결정짓죠.”

“그래라. 오늘이라도 주 지관한테 언제 시간 나는가 알아보고 내일이라도 가서 정해라.”

모친의 목소리는 느리고 낮았지만 완강함이 묻어났다.

건섭의 고향 옆 마을에 사는 주씨는 풍수도 보고 묘역 일을 하는 이였다. 진작부터 주 지관의 연락처는 그의 수첩과 핸드폰에 들어 있었다. 주씨는 일요일과 월요일에는 일이 잡혀 있고 내일 토요일 오후면 좋다고 했다. 화요일이나 수요일은 평일이라 자신이나 동생도 시간 내기가 어렵고 그러다 보면 일주일이 그냥 넘어갈 것이었다. 그는 약속을 토요일로 잡고는 아래 동생에게 전화해서 내일 오후 시간을 비워두라고 일렀다. 그러고 나서 자리에서 일어서려는데 모친이 또 이야기를 꺼냈다.

"이건 그냥 흘려들어라. 며칠 전 꿈에 니 아버지가 좌천동 옛날 살던 집을 나서는데 대문 놔두고 담을 넘어가는 기라. 내가 그걸 보고, 와 멀쩡한 대문 놔두고 그리 가요, 하고 불렀더니 다리 하나를 담장에 걸치고 돌아보면서 어디로 나가든 나가기만 하면 되지 뭐, 그러는 거라."

"아이구, 우리 엄마 백포도사한테 또 돈 갖다 주겠네. 전에 우리 상민이 혼사 자리 났을 때 물어보니 꼭 되는 혼사라 하드만 되기는 뭐가 돼. 백포 아니라 만포가 용하다 해도 물어볼 것 없어요. 나이 들면 병이 오고 병이 오면 의사 찾아 고치는 거지. 그라고 한 다리는 집 안에 두셨다니 영 나쁜 것도 아니네."

"그래도, 저리 한 번 누우면 당장 내일을 모른다. 준비는 하잔 말다."

"그래서 현기애비가 내일 시골 가잖아요. 아버지한테나 갑시다. 귀 간지러우시겠다. 현기 니는 내일 임이 애비하고 둘만 살짝 다녀온나."

모친의 손을 끌며 딸이 동생에게 말했다.

"가만 있어봐라, 이것아." 모친이 딸에게 잡힌 손을 빼며 말했다.

"사람이 백 살 넘게 살 수는 없는 거고 어차피 한 번은 가야되니 니들 아버지가 내보다 먼저 가야 하는 기 이치다. 남자가 나이 들어 혼자되면 정승 아니라 임금님이라도 궁상스럽다."

"됐다, 엄마. 폐렴 갖고 와 이래쌓노." 딸이 다시 손을 잡았지만 모친은 또 할 말이 있었다.

"오는 길에 화산 들러 외숙모한테 수의 받아오너라. 내가 조만간 너희들이 들를 거라고 아침에 전화해놨다."

화산은 건섭의 외가였다.

"그건 언제 준비해 놨는데?"

이번엔 딸이 모친의 어깨를 다정스레 잡으며 물었다.

"니 큰외삼촌 수의 지을 때 내가 외숙모한테 부탁했다. 진주서 제일 잘한다는 집에서 본견으로 했는데 인제 집에 가져올 때도 됐나 보다."

모친이 딸보다 먼저 의자에서 일어났다.

"나이 들면 준비만 하고 사네."

누나와 어머니가 병실로 가는 걸 바라보며 건섭은 막연하면서도 한편으로는 또렷하게 잡혀오기도 하는 앞으로의 일들을 생각하며 의자 뒤로 목을 기댔다.

다음 날 오후, 형제는 고향에서 주 지관을 만났다.

건섭이 출발 전에 전화를 다시 내서 집으로 모시러 가겠다고 했지만 지관은 그럴 것 없이 시간 맞춰 나갈 테니 선산 밑에서 만나자고 했다. 바람은 차가웠지만 겨울 햇살치고 볕은 넉넉했다. 골짜기에서부터 산을 양옆으로 끼고 펼쳐진 마른 논 어딘가에 얼음장이라도 더러 앉았는지 하얀 무엇이 햇빛에 반짝이며 눈을 찔렀다. 그들이 서 있는 시멘트 도로는 안쪽으로 당곡이라 부르는 막다른 마을에서 끝나기에 다니는 차도 한 대 없이 한가하고 썰렁했다.

“우리가 한 십분 빨랐네.”

건섭이 시계를 보며 말했다.

“근데, 형님. 감기 끝에 입원한 지 하루 만에 산소 잡고 수의까지 챙기다니 일이 좀 이상하게 돌아가네요. 마치 무얼 기다리는 듯이 움직이고 있으니.”

차를 타고 오는 동안 외가에 들러 수의를 가져가야 한다고 건섭이 말하자 동생은 놀라는 눈치를 보였는데 그 생각에서 아직도 맴돌고 있는 모양이었다.

“그렇제. 나도 그런 마음이 들기는 한다. 그렇지만 산소는 아버님과 의논해서 미리 정해두었어야 할 일이니 우리가 지금 무얼 잘못하는 건 아니다. 수의도 미리 지어놓는 풍습을 따른 것이고. 그걸 이번 기회에 집에 갖다 두자는 거 아니겠나. 그러니 아버님 병환과 너무 붙여서 생각지 말도록 하자, 그리고.”

건섭은 동생과 단둘이 넉넉하게 이야기를 나눌 시간도 자주 없을 것 같아 말을 이었다.

"사람들 말 들어보면 지병도 없이 수를 누린 어른들이 돌아가실 때는 아주 장난같이 수월하게 가신단다. 아버님도 그런 쪽일 수도 안 있겠나."

형의 말을 다 듣고 난 준섭은 "고생하지 않고 돌아가시는 복보다 더한 복이 없다고 합디다만." 이라고 말하며 고개를 끄덕였다.

그들이 조금 전 타고 온 도로에서 차 소리가 가까워지더니 진한 주홍색 오토바이가 구비를 놀았다.

지관이었다. 그는 형제가 타고 온 승용차 뒤에 오토바이를 세웠다. 헬멧을 벗고 선글라스까지 벗자 상고머리에 혈색 좋은 노인의 얼굴이 나타났다. 겨울철 한데를 나다니는 사람의 입성답게 그는 두툼한 잠바에 검은 누비바지를 입고 있었다.

"내가 늦었네."

인사를 나누고 세 사람은 곧장 산으로 올랐다. 도로에서 가까워 힘든 것도 없었고 시간도 걸리지 않았다.

"전에 얘기 나온 데가 두 곳인데 가까운 데부터 보세."

겨울이라 백부와 숙부들의 산소는 풀도 없이 황량하기는 했지만 그래서 오히려 단정해 보이기도 했다.

지관이 먼저 걸음을 멈추었다.

"여기지."

소나무가 서너 그루 모여 있는 둔덕에 서서 주 지관이 말했다. 형제도 저번부터 부친과 사촌들이 이야기했던 장소라는 걸 쉽게 확인할 수 있었다.

"자네들 백부 숙부님들 자리로 바짝 붙이면 두 자리는 충분하고, 어디 방위를 한 번 더 볼까."

지관은 마른 흙 위에 앉아 잠바 안주머니에서 패철을 꺼냈다. 건섭이 지관 옆에 같이 앉았고 준섭은 선 채로 앞산과 좌우를 살폈다. 선 자리에서 왼편의 묏자리를 보니 백부보다 조금 위고 숙부 두 분보다는 훨씬 윗자리였다. 준섭은 발로 마른

잎들을 걷고 땅을 비벼보면서 수맥이 흐르지 않기를, 그리고 암반이나 잡석이 나오지 않았으면 했다. 오후 시간인데도 해가 아직 들고 있다는 게 마음을 편하게 했다.

"전에도 말했지만 방위는 괜찮네. 지금은 앞에 나무나 덤불에 가려 그렇지만 나무 치고 자리 만들어 놓으면 앞도 트이고 괜찮아. 그리고 이 정도 경사는 경사도 아니고, 땅 고르고 석축 쌓으면 반듯하게 자리가 날 걸세."

"수맥은 어떻습니까?"

건섭이 일어나며 물었다.

"여기는 물 없다. 두 번째 얘기하던 저쪽 등에는 더러 물 짚이는 곳이 있지만 요 둘레엔 없어. 마사는 아니더라도 흙 빛깔도 영 안 붉고 괜찮지 않은가."

지관은 일어나며 운동화 뒤꿈치로 땅을 후볐다. 약간은 거무레한 빛에 퍽퍽한 토질이었다.

"그냥 무난하면 됩니다."

"그렇지. 선산에 무슨 명당이 따로 있겠나."

건섭과 지관이 그런 말을 주고받았다.

"백부님 자리보다 높기는 높네요."

이번에는 준섭이 말했다.

"방위가 다르면 아무 관계없네. 전에 자네 사촌형도 괜찮다고, 지금 이 자리를 의논했다면서? 좀 더 내려가려면 자네들하고 열 촌 되나 모르겠는데 가례띠 집인가, 저 자리 밑에 써야 할 걸. 앞에 바위가 있지, 저기 보이네. 자리를 내려면 저 집 산소 쪽으로 붙여야 한단 말일세. 의논 없이 써도 되겠지만 그래도 말을 넣어야 마음이 편할 거고, 그쪽에서 양해할지 어떨지 또 마음 써야 되고. 자리 쓰는 데 부탁 넣고 의논하는 그거 별로다. 자리는 말없이 괜찮은 데 쓰는 게 제일 무난하지."

형제는 가례 할아버지 자리를 바라보았다. 준섭은 그리로 걸음까지 옮겨 주위를 살폈지만 입을 열지는 않았다.

"그럼 여기 자리는 됐고, 저 등으로 가볼까요. 온 김에 결정을 지어야겠습니다. 일도 바로 시작해 주시고요.”

“여기는 포크레인이 들어오니까, 일은 빠르지.”

건섭의 말을 받으며 지관이 앞서고 세 사람은 마른나무 가지들을 헤치며 걸음을 옮겼다.

외가를 들러 병원에 오니 밤 8시였다.

병실에 형제가 같이 들어서는 게 부친이나 주위의 시선을 끌까 해서 시간을 두고 들어가기로 했다. 수의는 물론 차에 두었다.

매형은 그렇다 하더라도 연락도 하지 않았던 사촌들까지 와 있어 건섭은 잠시 당황했다.

“제가 내려오면서 다른 일로 전화하다 아버님 입원 이야기를 했더니……. 전 연락들을 한 줄 알았습니다.”

대구에서 온 건섭의 막내 동생이 말했다.

“니 보고 잘못했다는 사람 아무도 없다.”

누나 말에 가족들이 모두 웃었다.

“어버진 좀 어떠세요?” 건섭은 부친의 얼굴을

보려 침대 쪽으로 몸을 당겼다.

"난 괜찮다. 병을 알았으니 집에 가서 통원 치료하면 되지, 왜 바쁜 사람들 오게 하노."

낮았지만 또렷한 목소리라 건섭은 그래도 기분이 좋았다.

매형이 큰집 장형과 자리에서 일어서자 건섭도 뒤따랐다.

"열이 안 잡힌다니 걱정이다. 그래, 시골 갔다면서?"

복도로 나와서 큰집 형이 말했다.

"네. 이번 참에 장소를 정해야지 싶어서."

"그래야지, 그래야지."

그들은 휴게실 의자에 앉았다.

"저번 추석 땝니까, 형님도 말씀하셨던 바로 옆 등성이로 했습니다."

"그래, 알지."

두 번째 보러 간 장소는 백부와 숙부님이 누워 계시는 데서 없는 길을 헤쳐 직선으로 십여 분 넘게 걸렸을 뿐더러 주위에 널려 있는 바위들이 신경 쓰였다.

"백부님보다 직선으로 보면 조금 위라서……."

"그건 저번에 다 이야기된 거 아니가."

큰집 형은 수월하게 넘겼다.

"숙부님이 노인치고도 상노인 아니가. 가묘 쓰는 일이 하나 어색할 것 없다. 주씨하고 그렇게 의논했나?"

"에. 처음엔 길 내고 터만 닦아 식축만 한두 단 올리려고 했는데, 면(面)에서 보면 지적당한다고 해서 성분도 하기로 했습니다. 다음 화요일에 시작하겠다고 했습니다."

"잘했다. 너도 알다시피 사흘 장이면 정말 시간 없다. 돌아가신 시에 따라서는 하루밖에 안 난다."

"그렇죠."

건섭도 조문 가서 더러 보고 듣는 소리였다.

"없던 나흘 장도 더러 하지 않습니까."

건섭의 매형이 한마디 거들었다.

“그런데, 형님.”

막내 동생이었다. 언제 뒤따라 나와 얘기를 듣고 있었던 모양이었다.

“병환부터 잡아야지예. 병만 잡으면 몇 년을 더 사실 수도 있는데, 그냥 노환이라 여기고 뒷일만 생각하시는 것 같아 기분이 좀 그렇습니다.”

동생은 서운한 표정까지 감추지 않았다.

건섭은 잠시 머쓱해졌다. 마음은 알겠지만 큰집 형과 매형이 있는 자리에서 터놓고 하는 말이었기 때문이다. 그때 큰집 형이 나섰다.

“동생, 봐라. 지금 누구도 허술하고 수월한 마음 안 가진다. 가족 모두가 꼼짝도 않고 숙부님 침대 둘러싸고 있어서 병환이 낫는다면 그렇게 하지. 대학병원까지 와서 의사들이 살피고 있는데 더 이상 무얼 어떻게 하겠나. 여든 중반 상노인이니 거기에 맞는 준비를 한다고 네 형이 어디 잘못하는 건 아니다.”

큰집 형은 그쯤에서 웃음을 지으면서 말을 끝

냈다.

"동생 네가 아쉬워서 하는 소린 줄 내가 왜 모르겠노. 네 기대대로 이번에 숙부님이 쾌차해서 퇴원하실 거다, 허허."

"알지예, 저도 압니다."

막내가 쑥스러운 표정을 지었다.

"근데, 아까 형님들 오시기 전에 아버님이 집에 큰 형님을 찾았습니다. 어머니가 볼일이 있겠지요, 하고 입막음했지만 아버님이 무슨 눈치를 읽으셨는지 아무 말씀도 안 하십디다. 저렇게 누워 계시면 온갖 생각이 다 안 나시겠습니까."

이번에도 큰집 형이 말했다.

"생각해보면 지금 숙부님 연세에 무얼 헤아리지 못하시겠나. 이것저것 자식들이 뭘 걱정하고 뭘 의논하는지 다 헤아리고 계신다고 봐도 된다."

건섭은 그 말을 들으면서 앞으로 누구의 무슨 말이라도 좋게 받아들여야 할 거라고 생각했다. 그때 복도 저편에서 준섭이 다가왔다. 큰집 형이

랑 매형과 인사를 나누고는 "형님들하고 매형은 이제 들어가시죠. 오늘은 제가 자겠습니다."라고 말했다.

"몇 시라고 벌써?"

"막내가 자도 되지."

그들은 그런 말들을 나누면서 병실로 걸음을 옮겼다. 한 걸음 늦추어 걷던 종형이 건섭의 소매 자락을 잡았다. 둘은 잠깐 멈추어 섰고, 형이 "임종을 어디서 볼지도 미리 의논해 두어라." 하고 말했다. 그럴 거였다. 병세에 따라 뭔가 결정하고 준비할 일이 계속 생길 것이었다. 건섭은 고개를 끄덕이며 "네, 네."라고 혼자 다짐하듯 말했다.

막내 동생이 자기로 하고도 건섭은 조금 더 남았다. 어디서 그렇게 전화가 많이 오는지 동생의 핸드폰은 연방 울렸고 이야기가 길어지면 복도로 나가 한참이나 있다 들어오기도 했다. 건섭은 이리저리 신경 쓰고 찬바람 속에 산을 헤집고 다녔으면서도 몸이 무겁지 않은 게 이상스러웠다.

그는 의자에서 일어나 소변도 보고 세수도 할 겸 화장실로 걸어갔다. 옆 침대의 환자는 한참 전에 휠체어를 타고 밖으로 나가서는 돌아오지 않고 있었다.

건섭은 찬물만 틀어 천천히 세수를 했다. 수건으로 얼굴을 닦다 그는 거울 속에 비친 자신의 얼굴을 물끄러미 들여다보았다. 자기 나이 때 부친은 어떤 모습이었을까, 거울 속에서 부친의 얼굴을 찾고 있는 자신을 보며 그는 크게 놀라지 않았다.

화장실에서 나왔을 때 부친이 손을 들어 그를 불렀다. 너무나 작은 움직임이었지만 부자(父子)는 신기하게도 서로 알아보게 손짓을 했고 또 그걸 알아보았다. 아들은 아주 천천히 조용하게 침대로 다가가 부친의 마른 손을 잡았다. 부친은 다른 손으로 마스크를 벗겨달라는 신호를 보냈다. 플라스틱 마스크를 들고 콧속에 든 두 가닥 줄을 빼내자 부친이 잠시 숨을 고르고 나서 소곤댔다.

"야야, 오늘 내 자리는 정하고 왔나?"

아들은 놀라지도 않고 가만히 고개만 끄덕였
다.

"니 백부 등 옆에?"

"예. 바로 옆, 처음 이야기 있던 데."

부친은 뭔가를 헤아리는 것 같더니 만족한 웃
음을 마른 입술 사이로 지어 보였다.

"물 좀 주고 이제 가거라. 니 동생이 지금은 저
리 들락거려도 니 가고 나면 꼼짝없이 내 옆에 붙
어 있을 끼다."

아버지와 아들은 소리 없이 웃었다. 부친은 푸
하고 숨을 한 번 가쁘게 몰아쉬고는 산소마스크
를 다시 썼고, 건섭은 부친의 손과 스치며 그걸
거들었다. 자정이 막 지난 시간의 병실은 밝고 고
요했다.

전쟁 때 부산으로 피난 내려왔넌 아이들이 제 고향으로 돌아가는 일이 1950년대 후반까지 계속되었던 것 같다. 이상한 말씨를 쓰는 애들이 교실에서 점점 줄고 있다는 소리이기도 했다. 그 즈음에는 왜 그리 자습시간이 많았던지, 담임선생님은 애들 몇을 불러내 이야기를 하라고 시키고는 자기 볼일을 보았다. 서울 말씨를 쓰는 애 하나와 내가 자주 앞에 나가 책에서 읽은 이야기들을 뻥튀기하곤 했는데 그 애도 얼마 뒤 먼 도시로 떠나갔다. 중학교에 진학하고 내 소설이 『학원』에 실렸을 때 그 애에게서 편지가 왔다. 춘천시

후평동이 주소였다. 그리고 70년 어느 봄날, 십여 년 만에 우리는 다시 만나 미아리 내 하숙집에서 술을 아주 조금 마셨다. 친구는 며칠 뒤 해병대에 입대한다고 했다. 그 시절 해병대는 열에 아홉 먼 나라의 전쟁터로 간다고 알려져 있었다. 다음 날, 봄 햇살이 넘쳐흐르던 종로 어느 버스 정류장에서 헤어진 뒤로 친구를 다시는 만날 수가 없었다.

몇 해 전부터 먼저 떠난 이들이 자주 떠오른다. 기억 이상으로, 지금의 내 삶이 그들과 연결되어 있다는 생각도 한다. 우리는 그들이 떠난 세상에 살고 있을 뿐은 아닌지. 책으로 묶고 보니 그런 내 마음의 흔적이 몇 편 작품에 묻어 있는 듯하다.

2009년 9월
조갑상

테하차피의 달 　대활자본

초판 1쇄 펴낸날 2010년 8월 30일

지은이 조갑상
펴낸이 강수걸
펴낸곳 산지니
등록 2005년 2월 7일 제14-49호
주소 부산광역시 연제구 거제1동 1493-2 효정빌딩 601호
전화 051-504-7070 | **팩스** 051-507-7543
sanzini@sanzinibook.com
www.sanzinibook.com

ⓒ조갑상, 2010
ISBN 978-89-6545-114-3 03810

값 10,000원

* 이 도서의 국립중앙도서관 출판시도서목록(CIP)은
  e-CIP 홈페이지(http://www.nl.go.kr/cip.php)에서
  이용하실 수 있습니다.(CIP 제어번호 : CIP 2010002914)